Cloud クラウド

監督・脚本 黒沢 清

著 佐野 晶

宝島社
文庫

宝島社

Cloud クラウド

1

東京の下町にある町工場は静かだった。

けたたましい機械の作動音、工員たちの聞くラジオ、雑談、笑い声、叱る声……。すべてが死に絶えたように静まり返っていた。その古びた工場には酸化して異臭を放つ機械油の臭いが充満しているばかりだ。もう何年も工場はまともに稼働していないのだろう。

茶と黒に覆い尽くされた薄暗い工場の天井を見上げると、二〇以上はあるつり下げ式の蛍光灯があった。だが蛍光灯が灯っているのは一つだけだ。しかもその蛍光灯はLEDではない。昔ながらのグローランプ式のもので、小さく震えてまたたく蛍光灯は今にも切れてしまいそうだ。

吉井良介は天井から視線を下ろした。目の前にはこの工場の社長の殿山宗一と、経理を担当している妻の千鶴が並んで立っている。二人とも五〇代そこそこに見えた。

妻は硬い表情で吉井をにらむように見つめている。そして隣で殿山もやはり険しい顔で吉井を見据えているが、怯えと同時にわき上がる期待を必死で押し隠そうとしているのがありありと吉井にはわかった。

吉井は二九歳だったが、童顔で痩身のせいで幼く見られることが多く、鼻の下と顎にヒゲを生やしているが、まばらでただの無精ヒゲにしか見えない。

吉井は脇の棚に置かれた段ボール箱を見やった。段ボールの数は三〇個だ。これは事前に仕入れた情報と合致している。

段ボールの表面には〝トノヤマイオン電子治療器〟と印刷されている。

吉井は段ボールに向き合うと個数を確認し、そのいくつかを開封して内容を目視した。厚手のビニール袋に収められた電子治療器があった。梱包資材がたっぷりと詰められて治療器を保護している。このまま発送できそうだ。

吉井は確認を終えると、殿山に向き直った。

「三〇箱ですか」と吉井は思案顔で顎のヒゲを一つ撫でた。

殿山がごくりと生唾を呑む音が聞こえる。

「わかりました。ひとつ三〇〇〇円で買います」

殿山の顔から血の気が引いた。それを見て吉井は畳みかけた。

「合計、九万円ということで」

殿山が戸惑ったような顔になって言葉にならない驚愕の声を発して続けた。

「ええ？　これの定価を知ってるの？　ひとつ四〇万だよ」

吉井は顔色を変えずに告げる。

「でも原価は一万円ぐらいですよね？」

殿山は顔を真っ赤にして声を荒らげた。

「馬鹿なことを言うんじゃない！」

吉井は殿山から視線をそらした。それでようやく殿山は小さく首を振って吐息をひとつつく。怒ってしまっては取引は破綻してしまう、と気づいたのだろう。声のトーンを下げて説得するように続けた。

「……組立工賃、特許出願経費、それからデザイン料。どれも高額な出費だった。ひとつの製品を商品化するには、原価の何倍にもなる投資が必要なんだ」

殿山の言葉に嘘はない、と吉井は思った。つまり商品はパーフェクトだ。

そしてこの工場が倒産するのは確実だ。ネットでの情報に加えて現地を訪れたことで、吉井はそれを確信していた。交渉の余地はない。

「殿山さん、これを廃品回収に出したら、またお金とられますよ」

殿山の顔が真っ赤になったが、その口から言葉が吐き出されることはなかった。もう他の道がないことを殿山は知っているのだ。

しばらく殿山の出方をうかがっていた吉井は、やがて無表情のまま、工場の出入り口に向かった。これも駆け引きのひとつだ。

するとの妻の千鶴が追いかけてきて「あなた」と吉井に声をかけた。吉井は足を止めた。だが背を向けたままだ。

「この電子治療器を一台いくらで売るつもりですか？」

吉井はやはり千鶴には向き合わず、平板な声を返した。

「わかりません。その時の相場がありますから」

千鶴は失笑してしまいながらも、さらに吉井に問いかける。

「わからないのに、三〇台も買うんですか」

「ええ」

「まったく売れなくても？」

似たような治療器を販売している大手企業は、全国で治療器を試すことのできる販売所を展開しており、専任の営業担当が〝お試し体験〟をした人に張りついて購入を勧めるのだ。スタンダードな治療器の価格はほぼ〝トノヤマイオン電子治療器〟と同額だ。

この潰れかけた工場を立て直すためになけなしの資財と借財を投じて開発したのが〝トノヤマイオン電子治療器〟だった。治療器を扱う企業に販売を委託しようと奔走したようだが、見向きもされなかった。堅実ではあったが画期的な製品ではなかったのだ。殿山には大手のような営業資本もノウハウもなかった。そんな中でかろうじて殿山が見つけた販路が、フリーマーケットアプリだった。〝トノヤマイオン電子治療器〟の写真が一枚だけアップされていた。油まみれの工場の片隅で撮られたピンぼけで薄暗い写真。さらに値段は定価の一万円引きで三九万円だった。

当然ながら一台も売れていなかった。

かくして吉井の出番となったのだ。

「まったく売れなかったら、廃品回収の代金は俺が払うことになるでしょう」

やはり感情がまったくこもらない吉井の言葉に、冷静を装っていた千鶴の声がうわずった。

「た、ただ思いつきと直感だけでやってらっしゃる？　なんの努力もせずに？」

「そういう仕事ですから」とこともなげに吉井は言い放った。

なおも千鶴は言い募る。

「どこかおかしくないですか、あなたの考え方」

吉井は顔を背けたまま返事をしない。

怒りのために身体を震わせていた千鶴は口を開きかけた。だが「やめとけ」と殿山が妻を押しとどめて続ける。

「狂ってる。話が通じるような相手じゃない」

最後に殿山は大きく嘆息した。

吉井はやはり二人に向き合おうとせずに、ジャンパーのポケットから財布を取り出した。あらかじめ用意していた九万円を取り出して、むき出しのまま、茶色く錆びついた機械の上に無造作に置く。

「はい。無駄な話し合いはやめましょう。この九万円を手にするか、それともやめておくか、殿山さん次第です」

吉井は表に停めてある軽トラックに向かった。

期待していた一二〇〇万円の売り上げが、わずか九万円になってしまうことになる。

しかし、殿山に選択肢はないはずだ。

背後で殿山が動く気配があった。錆びついた機械の上の九万円を手荒くつかむ音がかすかにした。

売買上の書類などは一切交わさない。ネット上での売買はクレジットされている金が主だが、殿山が必要としているのは現金だった。

工場の敷地内に停めていた軽トラックの荷台に吉井は〝トノヤマイオン電子治療器〟の段ボールを積みこんでいく。それを険しい顔で見ているだけの殿山だった。積みこみに手を貸さないのはせめてもの抵抗だろう。隣に並んで立っていた妻の千鶴は嫌悪感と絶望を同時に抱えて、工場の奥に引っこんでしまった。

手早く積みこみ終えると、吉井はトラックの幌を閉じて、車に乗りこんだ。殿山を一瞥することもなく走り去る。

殿山は九枚の一万円札を握りしめたままで、吉井が走り去った道をいつまでも凝視していた。

吉井はアパートの前に軽トラックを横付けすると、〝トノヤマイオン電子治療器〟の段ボールを一つずつ、二階にある自室に運びこんでいく。アパートは木造の古いもので、鉄製の外階段は錆が浮いている。その階段を一段ずつ確認しながら、ゆっくりと丁寧に吉井は運んでいく。

築五〇年を越えているアパートは、ほとんど手を入れた痕跡がなく五〇年の年月を経た〝劣化〟が如実に現れている。東京武蔵野のベッドタウンと言われた町だったが、周囲には商業施設よりも田畑が多く、最寄り駅まで徒歩で二〇分近くかかるという物件だった。

吉井の部屋は二階にある2DKだ。玄関を入るとすぐダイニングキッチンでガス湯沸器と二口のガスコンロがあり、小さなダイニング部分にテーブルと椅子が二脚置かれているが、あまり使われている形跡はない。キッチンから続きの間になっている六畳の和室が吉井の〝仕事部屋〟だ。部屋には運びこんだばかりの〝トノヤマイオン電子治療器〟を収めた段ボール箱が壁際にずらりと置かれている。もともと畳敷きの部屋だったが、日に焼けた畳を隠すためにカーペットを敷いている。

部屋の窓は遮光カーテンが覆っていて暗い。部屋の中央にあるのは撮影台だ。白い布で安っぽいプラスティック製のテーブルと衝立を覆っただけのものだが、撮影用の照明を当てると、商品がより魅力的に見えるようになる。

その並びにデスクトップのパソコンと大型のモニターがある。格安で手に入れたロースペックのものだったが、自身で改造することで必要充分な機能と性能を低価格で実現している。

吉井は医療用にも使われる使い捨てのゴム手袋を両手にはめた。

段ボールから〝トノヤマイオン電子治療器〟を梱包材を取りのけて、細心の注意を払って取り出した。

幅三〇cm、奥行き二〇cm、高さが一五cmほどの武骨な機械だった。予想よりも重い。部品をケチらなかったようだ。もう顔も思いだせなかったが、工場の主は職人として誠実だったのだろう。

ネットで調べたところ電子治療器は数多販売されている。どれも電子を浴びることでなんらかの症状が好転するといううたい文句は同じだ。公的に認められている効能も頭痛、肩こり、不眠症および慢性便秘の緩解などというぼんやりとしたものだ。だが証拠の残らないセールストークの中でガンが治った、血圧が低くなった、糖尿の薬を減らせた、アトピーが消えたと宣伝しているようだ。実際にネット上には怪しげな治癒体験記が溢れている。

ざっと市場調査をしたところ、中古でも二〇万円を下回ることが少ない人気商品であることを知った。つまり売れる、と吉井は踏んだのだ。町中にある体験型の販売所では高齢者が〝体験スペース〟を占拠しているような状況であることもネットに書きこまれている。

需要はあるのだ。ただ高額すぎる。それは商売のチャンスだった。

そして吉井はまったく売れていない〝トノヤマイオン電子治療器〟を見つけたのだ。


手で包みこむように電子治療器を撮影台に載せて、光線を加減する。

三脚に載せられたカメラはデジタル一眼レフだ。中古ではあるが一〇万円近くしたもので、文句なしの性能だったが、スマホにＷｉ－Ｆｉ接続でデータを送れないことが吉井には少し不満だった。

とはいえ商品写真の管理はすべてデスクトップパソコンで行うために、不便はない。

治療器の正面、背面と側面と満遍なく撮影していく。いずれも一発で決まった。

吉井は撮影台の前で少し考えて、治療器を正面に据えてから、少し斜にずらした。

すると急に〝高級でおしゃれ〟風の写真が撮れる。定番の構図だが、素人が多いフリーマーケットサイトの中では目を惹くことになる。メイン写真は決まりだ。

カメラからメモリーデータを取り出して、パソコンにデータを移動する。

惹句は決めてあった。治療器の効能効用には一切触れない。そもそもこの治療器に興味を持っている人物は効用効能について誰よりも詳しくなっており……中にはより深く騙されている人々も多数いる。ただ彼らが購入に踏み切れないのは高価であることだ。

〝まぼろしの健康器具　大特価二〇万円！〟と入力する。さらに〝定価の半額〟と付け加えた。

体裁を整えて、すぐさまサイトにリリースする。

三〇台の治療器が一気にアップされて、ずらりとモニターに表示された。

一つずつの写真の下部に販売中を表す〝ＳＥＬＬ〟の文字が明滅して購入を促している。

これまで何度も商品をサイトに出品しているが、単価をここまで上げた商品ははじめてだった。売れないのではないか、という危惧が価格を下げる要因になっていた。だが今回はそんな自分の弱気を振りきった。

フリマサイトに上げる商品には〝賞味期限〟がある、と吉井は感じていた。それはアップしてから二四時間だ。そこからジリジリとアクセスが減る。そうなると値下げをしても食いつかなくなる。それは〝ダメな商品〟と特定されてしまうようなのだ。売るなら、二四時間。だがそれが難しかった。なんとか売り切ろうと、ついつい低めの価格設定になってしまう。

吉井はキッチンに向かった。小さな冷蔵庫の中にはほとんど食材は入っていない。食欲をあまり感じたことがない。空腹でも自分で作ることはしない。コンビニまでスクーターですぐだが、それが面倒で食べないことが多い。そもそも〝おいしいものを食べたい〟という欲求も無い。空腹が差し迫ってくると家にあるものを口に押しこむ。

栄養食品、冷凍されたパン、飯……。

ただひとつだけこだわっているのは水だ。お気に入りの天然水があり、それをまとめてネットで購入している。一一月の今でも冷蔵庫を天然水のペットボトルが占拠している。

吉井は五〇〇㎖のペットボトルを取り出して栓を開けた。

喉が渇いているわけではない。緊張と興奮で口が渇いているのだ。一口飲んでダイニングの椅子を引き出して腰かけた。息を整えてモニターを眺める。

三〇個の〝SELL〟の文字が一斉に点滅しているのがわかる。

時間は午後七時を少し過ぎていた。ネット通販のゴールデンタイムだ。帰宅後に夕食を終えてネット通販を眺める人が急増する時間なのだ。

ゴクリと再び水を口にしてモニターに目をやる。

来い、来い……。

変化があった。三〇個のうちのひとつの〝SELL〟が消えた。そしてそこに〝WANT〟と表示された。購入要求がなされたのだ。今、購入手続きの認証が行われている。

息をすることも忘れて吉井はモニター画面に見入った。

〝SOLD OUT〟と表示が変わって画面が赤くなった。売れた。

三〇〇〇円が二〇万円になった。これまでにない……。いや、もうすでに投資した分を回収してしまった。投資は買い取った九万円に、職場で借りた軽トラックのガソリン代の一〇〇〇円、そこに送料を含めても利益が出る。

吉井は小さく息をついた。

画面が目まぐるしく変動していた。次々と〝SELL〟が〝WANT〟になり、〝SOLD OUT〟となる。まるでオセロで大逆転した時のように一気に画面が赤く埋めつくされていくのだ。

完売した。

九万円が六〇〇万円になった。

思わず「あ」と声が小さく漏れてしまった。だが吉井はそれ以上、騒いだりはしなかった。大喜びすることはしない。そう自分に言い聞かせている。大喜びしてしまったら、それ以上の儲けを得ることができなくなる。儲かることが当たり前にならなければならない。この程度の金で舞い上がってはいけない。

自分にそう言い聞かせながらも、モニター画面の中に存在する〝大金〟に吉井の気持ちは浮き立った。これまで預金口座にこれだけのまとまった金が存在したことがない。いつもカードでの引き落としが済むと残高は頼りないものになる。

吉井は天を仰いだ。どうしようもなく興奮していたが、吉井は椅子に座ったままで固まった。

だが無意識のうちに何度も深く嘆息していた。

時計に目を移して吉井は驚いていた。座ったまま何度もため息をつきながら、何もせずにモニター画面を見つめて、三〇分も時間が経過していたのだ。

いつまでもこの達成感の陶酔に浸っていたい、という気持ちが椅子から立ち上がろうとする自分を邪魔する。それだけ心地よかった。

しかし、吉井はペットボトルの水を飲み干して立ち上がった。すぐに治療器を発送しなくてはならないのだ。発送先はサイトの運営会社から指示される。それをパソコンに取りこんでプリンターで印刷する。

運送業者が指定する書式に合わせたシールに住所と名前が印字されてプリンターから次々と吐き出される。

それを段ボールに貼りつけていく。

発送は当日が鉄則だ。迅速な発送が信用となって次の購入につながる。

しかも完売しているのだ。集荷を依頼するかと思ったが、集荷が引き取りにやってくる時間が惜しい。なによりフリマサイトが提携している運送業者を利用する場合、集荷を依頼すると割り増し料金が発生してしまう。

明日まで軽トラックは借りているのだから、今日中に配達業者の営業所に運んでしまえば、時間と金の節約になる。

いや……。

割り増し料金は一個につき一〇〇円だ。全部で三〇〇〇円。階段を行き来して軽トラックに積み、また営業所で降ろす……。その手間を考えただけで嫌気がさす。

吉井はパソコンに向かって集荷の依頼をした。


わずか一時間後に集荷にやってきた担当者は、てきぱきと動いて荷物をワゴン車に積みこんでいく。キッチンに段ボール箱を移動したのは吉井だったが、階段の上り下りも積みこみもすべて担ってくれたのだ。吉井が手伝おうとすると「これも仕事ですから」と笑顔を見せた。

それでも、代金の支払いのために階段をもう一度上り下りさせるのは気が引けて、吉井は部屋を出て、担当者と共にワゴン車まで出向いた。

支払いを終えると、担当者はワゴン車の荷室を確認してからドアを閉めた。

「三〇個。これで全部ですね？」

「はい。よろしくお願いします」と吉井は一礼した。

「じゃ、ありがとうございました」

礼を言いながら担当者は駆け足で車へと戻った。

ワゴン車を見送ってから、吉井は空腹を覚えた。冷蔵庫にはなにもない。冷凍庫に冷凍の飯があったはずだが……。

急に吉井はコンビニのサンドイッチが食べたくなった。晩秋の夜とはいえ寒くもない。散歩するにはいい気候だった。今日は運動らしいこともしていないし……。

吉井は片道一五分かかるコンビニまで散歩がてら出かけた。


コンビニでサンドイッチばかりかサラダまで購入した上に、雑誌を立ち読みしてしまったので、アパートに戻ったのは一時間後だった。

満ち足りていい気分だ。心地よく身体も心も疲れていた。

アパートの薄暗い部屋を思うと、ちょっと気がふさいだが、手にぶら下げたビニール袋の中のサンドイッチの存在がそんな気分を吹き飛ばしてくれた。

フリマサイトの運営会社からの振込はおそらく明日になるだろう。いや、大金になるから、いつものようには振りこまれないのではないか。審査があったりするのだろうか。いや、個人取引に運営が口を挟むことはほぼない、と聞いた……。

アパートの錆びた階段を上がっていると、新聞紙のようなものが置いてあった。風でその新聞紙が煽(あお)られた。新聞紙がめくれて、中にネズミの死骸(しがい)らしきものが挟まれていた。気づかなければ踏みつけていたかもしれない。

それまでの浮いた気分が消し飛んでしまった。

コンビニに行っている間に誰かが、ここに置いたのだろう。なぜ？　誰が？

二階の他の住人は一人だけだが、顔も知らない。

何度考えてもこんな嫌がらせをするような人間の顔が思い浮かばない。

そう思いながらも、吉井は階段から周囲を見渡した。

吉井に視線を向ける者は閑散(かんさん)とした夜の町には見当たらなかった。

吉井の勤務先は、同じ市内にある滝本(たきもと)商会だ。クリーニング工場といくつかのクリーニング店を経営している会社だ。吉井は工場で働き出して三年が経(た)っている。検品から仕分け、洗浄、乾燥、仕上げ、梱包まで仕事は一通りこなせるようになっている。吉井の今日の担当は、乾燥を終えたブラウスをプレス機にセットする単調な作業だ。ほぼ身体が覚えてしまっているので、なにも考えずに惰性で仕事をしている。

時計が気になって仕方ない。朝一番で銀行に寄って通帳に記帳したが、まだ六〇〇万円は入金されていなかった。早くこの目で確認したい。

「吉井、滝本さんが呼んでるぞ」

声をかけてきたのは、吉井よりも年長で勤続年数も長い男性従業員だった。仕事が雑で吉井は彼の尻拭いをさせられることが多かった。彼がアゴで工場の片隅を示した。目をやると、機械の陰に隠れるようにして会社の社長である滝本がじっと吉井を見ている。無表情だ。

坊主刈りにスリーピースのスーツ、ノーネクタイ。これがいつもの滝本のスタイルだった。

滝本はひっそりと隠れて従業員たちの仕事ぶりを〝監視〟していることがあった。

従業員たちはその視線にプレッシャーを感じるというより不気味さを覚えていた。滝本の姿が見えなくなった。工場の一角にある従業員の休憩コーナーに向かったのだろう。

吉井はプレス機を後輩に任せて休憩コーナーに向かった。

〝休憩コーナー〟には折り畳みができる簡易なイスとテーブルが数セット置かれていて、従業員たちがここで昼食時に弁当などを食べている。

やってきた吉井に席を勧めながら、滝本は自販機で紙コップに入ったコーヒーを買って、席に着いた吉井の前に置いた。甘すぎて吉井は苦手で、先週にも一口しか飲めなかったのだが、滝本は覚えていないようだ。

吉井は座ったまま一礼したが、コーヒーには手を伸ばさなかった。

滝本はテーブルに腰をかけて語りかける。

「例の管理職の話なんだけど」

吉井は滝本の表情をうかがう。先週もまったく同じ話だった。

「まず青年部の部長からはじめるのはどうかな。つまり若い社員たちのまとめ役だ」

滝本が〝若い社員〟と呼ぶ社員は、ほとんどが吉井よりも年上だった。それを〝まとめる〟ことなど想像しただけでうんざりする。きっと会社への不満をくだくだとぶつけられて、最後にはつるし上げられたりするのが関の山だ。

「俺はそういうのには向いていません」

吉井は先週も同じ言葉ではっきりと断っている。皆まで聞かずに滝本が言い募る。

「それは前にも聞いた。しかし、君にはリーダーの資質がある」

そう言いながら立ち上がって吉井の肩に両手を置いた。

「そこは僕が保証する」

滝本の言葉には、まったく説得力がなかった。褒められているとも感じられない。

吉井は小さく吐息をついた。

「滝本さん、なにか誤解されてるんですよ」

滝本は吉井の斜向かいに椅子を引き寄せて座ると身を乗り出して、吉井の言葉をさえぎった。

「いや、そんなことはない。吉井くんほどの才覚と忠誠心があれば管理職として充分やっていける。君を一労働者として働かせておくのは、なんとも忍びない」

滝本の恐ろしいまでの情熱だったが、吉井の心には一向に響(ひび)かない。どう好意的に捉えようとしても的外れな評価なのだ。吉井は少し恐怖を覚えていた。

だが滝本はお構いなしに続ける。

「今の重役たちを見てみろ。退屈で、無能な年寄りばかりだ。僕の右腕と言えるものはひとりもいない」

〝重役たち〟と言っても会長である滝本の伯父(おじ)と、専務である滝本の叔父(おじ)の二人だけだ。伯父に頭が上がらぬまま、亡くなった滝本の父親が前社長だった。その跡を継いだのが滝本なのだから、力関係が変わるはずもない。スリーピースを着こもうとも、ベンツに乗ろうとも、所詮（しょせん）は実質の伴わない〝社長〟なのだ。

それは従業員すべてが知っているところであり、滝本は軽んじられている。それが端的に表れているのが呼び名だ。誰も「社長」とは呼ばない。「滝本さん」だ。そして滝本の伯父は「会長」と呼ばれ、滝本の叔父は「専務」と呼ばれている。

つまり滝本は社内で〝仲間〟……いや、〝子分〟が欲しいのだろう。そのターゲットになってしまっているのだ、と吉井は分析していた。

「俺は単に自己主張のない人間です。それが場合によっては忠誠心に見えるんでしょう」

「それでいいんだよ」と滝本は大きくうなずく。

吉井は〝忠誠心〟などない、と宣言したつもりだが、滝本には響かなかったようだ。

吉井の頭の中に振りこまれるはずの六〇〇〇万円がよぎった。

すると滝本が意外なことを口にした。

「給料も上がるぞ」

吉井は苦笑しそうになったが、こらえた。今でも最低レベルの賃金なのだ。底辺と言われても仕方ない暮らしぶりだ。議決権もなく、役もない〝管理職〟になったところで上がる〝給料〟などたかが知れている。子分として滝本につき従ったとしても、げた。

重役になれるわけもない。会長と専務が必ずや反対する。多数決で……。

探るような目を向けてくる滝本の視線がうるさくて、吉井は視線を落としてから告げた。

「たぶん、難しいです」

完璧に拒否しようとしたが、余白を残した物言いになってしまった。

「ま、そう重荷に感じるな。まずは青年部の部長からはじめてくれ」

滝本はそう決めつけて工場を出てしまった。

吉井は席を立たず、目の前で冷めていく甘いコーヒーを見つめていた。


午前七時からの早番だったので、午後三時に仕事を終えると作業着を私服に着替えて駐輪場で、スクーターにまたがった。

気が急いていた。ヘルメットをかぶるとスクーターのスロットルを全開にした。向かったのは銀行だ。一刻も早く通帳に記帳したかった。カードでの残高確認だけでは心配だった。

通帳がキャッシュディスペンサーに吸いこまれる。ほぼ毎週のように記帳しているので、印字する時間は短かった。

通帳が出てくると、その場で吉井は振りこまれた金額を確認した。

¥6000000－

今月も給料日まで残すところ一週間だったが、口座の残高は昨日まで、わずかに三六〇〇九円だった。この大きな売り上げがなかったら、残高は底を突くことになっていた。毎月、ほぼそんな生活だ。フリマサイトでの転売が成功したとしても数千円から数万円の儲けか、ときにマイナスとなることもあり、収支はわずかなプラスといったところなのだ。

通帳を握りしめて、これまでの低空飛行が続いた残高の推移を見ていくと、六〇〇万円の振込は、青天の霹靂のごとき大変革と言えた。

吉井はその数字を見ながら、必死で興奮を抑えていた。騒いじゃいけない。舞い上がってはいけない。まだまだ、これからだ。

だが、これはただ貯金していてはダメな金だ。これを元手にさらに大きな商売につなげなければならない。元手があるからこそ大きな商売ができるのだ。喜んで遊んでいる場合ではない。これまでとは次元が違ってくる。半分の三〇〇万円で大量に仕入れることで交渉すれば購入価格を抑えられるはずだ。それを高く売りに出す。薄利でもいい。多売ならば堅実な商売になるはずだ。

だができれば今回の治療器のようにニーズは高いのに、値段が高くて手が出ない客に向けての商品を見つけた方が高額な売り上げが期待できる。例えば残りの三〇〇万円を投機的な仕入れに使って……。

考えているうちに、猛烈な焦燥感に駆られた。家に戻って新たな〝商品〟を見つけたくなったのだ。

アパートの外階段を上がりながら、吉井はネズミの死骸がなくなっていることに気づいた。触れることも嫌で片づけることなく、そのまま部屋に入ってしまったのだ。二階のもうひとりの住人が片づけてくれたのだろうか。それとも猫などが持ち去ってしまったのか。いずれにしてももう二度と目にしたくない。

鍵を開けて玄関に入ると、見慣れたベージュのショートブーツがあった。手前の四畳半に目をやると、恋人の藤田秋子がベッドに突っ伏したまま寝入っていた。服を着替えることもなく倒れこんだようにして寝息をたてている。

仕事終わりに寄ったようだ。疲れているのだろう。

足音を忍ばせて、隣の〝仕事部屋〟に入ると、パソコンを立ち上げた。

これは毎日のことだが、時間が許す限りネット上を〝パトロール〟する。つまり新たな〝商品〟の開拓だ。

だが今日からは別次元の〝パトロール〟になる。

基本的に通販サイトを次々と見ていく。これは毎日見ているからこそわかることがある。サイト側の意図までは計り知れないが、昨日と今日でまるで違う価格になっていることがある。特に中古品はいきなり価格が高騰したり、暴落したりする。どちらも吉井は慎重になる。高騰しているものは記憶だけしておくし、暴落したものにはあまり近づかない。再び高騰することはあまりないからだ。

いや、暴落後に急に値が上がり出してあれよあれよという間に元値の倍以上にまで高騰したことがあった。さらに原因を探ってもまるでわからないままに、高騰した価格がそのまま高止まりしていたこともあった。

そんなとき、資金に余裕があれば、暴落時に少し手をつけておけば、かなりの儲けになっていたのだ。ただ生活費と投資額を天秤にかけている状態では、思い切った投資はできない。生活を省みずに無謀な投資をできる人もいるが、そういう人物は破綻していくことが多いことを吉井は知っていた。

「あ」と吉井は小さく声をたてた。

ゲームソフトは転売には欠かせないアイテムだ。人気のロールプレイングゲームシリーズの最新版がセール価格になっていた。

三〇％引きの六二八六円だ。シリーズの五作目であり、最新作だ。人気も安定しているはずだが、なぜセールをしているのか。おそらく背景を探っても答えは見つからない。買うか買わないか、だ。

吉井は販売ページに飛んだ。

吉井自身はゲームにほとんど興味がないが、客の評価が五点満点中四・四とずば抜けて高評価であり、評価した客の数が一八七五名となっている。半分がサクラだとしても高い評価であることは間違いない。

セール価格で何枚が在庫されているのか？

購入可能枚数を調べる。

一〇枚をチョイスする。計六万二八六〇円。

六〇〇万円が銀行口座にあるのだ、と自分に言い聞かせても指が震えている。これから値が上がったとしても大きな儲けにはならない。かといって暴落することも考えづらい商品だ。

着実な投資と言える。薄利多売のパターンだ。

それでも決心がつかない。

「良ちゃん」

逡巡（しゅんじゅん）している吉井は声をかけられたことで、マウスから手を放した。振り向くと秋子が立っていた。

後ろで手を組んで立っている。かわいらしい姿だった。

つきあって二年近くなるが、いつもいろいろな場面で秋子のかわいらしさに気づかされる。

「いつ帰ったの？」

「ん？　ああ、さっき。秋子はいつきたの？」

「うーん、一時間くらい前かな。なんか寝ちゃった」

秋子は仕事が休みの前の日などに、アパートを訪れて食事の支度をしてくれる。つきあい出した当初、吉井はワンルームの極狭いアパートで暮らしていた。秋子が頻繁に部屋を訪れるようになって、近隣の部屋からうるさいという苦情がポストに投函されるようになった。居づらくなって、この広いアパートに転居したのだ。家賃は五万円から六万円になったが、その分を転売で稼ぐようになっていた。

「もう少し寝てていいよ。夕飯はどこかに食べにいこう」

「そうね」と秋子の声が弾んだ。

外食は特別な日の〝ごちそう〟だった。転売でいくらか儲けが出たときや、なにかの記念日に限られていた。

吉井はパソコンに向き直った。

気が変わった。やはり薄利多売なら、購入枚数を増やすべきだ。

購入数を二〇枚にした。

一二万五七二〇円の支払いだ。一割の価格アップなら簡単に転売できるだろう。一万二〇〇〇円の儲け。今夜の食事代としては充分すぎるだろう。

〝今すぐ買う〟のボタンを押そうとしたが、やはり迷ってしまう。指が震える。

そのとき、秋子に後ろから抱きすくめられた。

秋子はパソコンの画面をちらりとのぞいている。一二万五七二〇円の購入代金を見ているはずだ。少し大きく転売が成功した、と秋子には告げていたが、その金額までは明かさなかったし、秋子も追求してくることはなかった。

だが変化は感じているはずだ。吉井が一二万五七二〇円の支払いを給料日前にしようとしていることは今までに決してなかったことだから。

「私、今のアパート、引っ越そうかな」

秋子は唐突に言い出したわけではない。日頃からアパートの家賃が居住環境にそぐわないと不満を口にしていた。吉井と同じ市内に居住しているが、秋子のアパートは私鉄の最寄り駅から歩いて五分の場所にあるのだ。築二五年だからそんなに古くもない。ただ部屋はたしかに狭かった。バスタブは吉井のアパートの半分ほどの大きさで驚いたものだ。それなのに家賃は七万五〇〇〇円で管理費が九五〇〇円も上乗せされている。

「家賃のこと?」

「うん」

「引っ越すってどこに?」

「実家に戻るしかないね」

秋子の実家は埼玉県だ。秋子の東京の職場まで通勤することも可能だった。しかし秋子の兄が結婚して家を継いでいると聞いた。兄夫婦とは折り合いが悪いようで秋子は、正月にも帰省しないのだ。

「やめとけよ」

「じゃあ、どうするの?」

挑発するような調子ではない。だが秋子がここまで踏みこんでくるのははじめてのことだった。

　通帳に記載された数字が吉井の背を押した。

「ここに来いよ」

「無理だよ。狭いもん」とすねたような声を出しながら、秋子はするりと吉井の膝に座ってしまう。まるで猫のようだった。

「前より少しは広くなったろう?」

「こんなところじゃダメ。私、押し入れに山のように荷物あるから」

「そっか」と吉井は笑うしかなかった。たしかに二人で暮らすには手狭かもしれない。

　秋子は膝から降りていたずらっぽく笑った。

「良ちゃんに売ってもらおうかな、私の荷物。うーんと高い値段で」

　一八歳で上京してから、二四歳の今まで四度の転職をした秋子の今の給料を吉井は知らなかった。控え目に見ても〝ステップアップ〟したとは思えない。その意味では一度留年して東京の高等専門学校を二一歳で卒業して就職を果たしたものの、二度転職した吉井自身も似たようなものだ。収入は下がるばかりだった。

　つまり〝押し入れに山のように荷物〟はすべてガラクタに間違いなかった。知り合いに声をかけられてごみ部屋の整理に付き合わされたことがあった。三五歳でいきなり失踪した男性は市の職員だった。独身であり収入もそこそこにあったはずだったが、部屋に大量に残されていたのは、本当にゴミばかりだった。知り合いと吉井は片づけを手伝いながら〝金目のもの〟を探すはずだったが、得られたのはアルバイト代の五〇〇〇円だけだった。そして正に押し入れの中には異様なものが大量に残されていた。焼酎の空いたペットボトルが大量に押しこめられていた。そしてボトルの中には得体の知れない茶色く濁った液体があった。ユニットバスにも大量のガラクタが詰めこまれて使用不能状態だったことを考えると、その液体は尿だ。

その処理は五〇〇〇円のアルバイト代には見合わない過酷な仕事だった。

吉井はそのときのことを思い出しながら「えー」と声を上げて冗談まじりに秋子の提案を拒否した。

秋子は即座に吉井の本音を感じ取ったようで「嘘だよ、冗談」と少しぎこちなく笑った。

吉井は秋子の笑顔を見ながらも、少し後悔していた。

秋子はキッチンへと向かってしまう。怒っているのだろうか。なにか声をかけようか、と思いながらも吉井は、ゲームソフトが気になった。二〇枚を購入しようとしたまま保留していたのだ。

あわててモニター画面に向き直ると不吉な表示に変わっていた。

〝現在在庫切れです〟という文字が購入を拒絶している。わずか一分間ほどの差でかすめ取られてしまった。

いったい、いくつ購入したのだろう。在庫を買い占めることで、価格を吊り上げることを目的にしているとしたら元手がかなりある人物だろう。他サイトで同じ商品を検索するといずれも八〇〇〇円以上の値がついている。在庫はあるが購入する気にならない。値上がりするだろうが、儲けは微々たるものになる。今のチャンスを逃さなければひとつ二〇〇〇円の儲け。とすれば四万円にはなった。

吉井は落胆して大きなため息をついて席を立つと、寝室に向かう。ベッドにまた嘆息しながら仰向けに倒れこんだ。

その様子をミルでコーヒー豆を挽きながら秋子が見ていて問いかける。

「逃しちゃった？　お金儲けのチャンス」

幾分、そんな気持ちも吉井にはあった。嘆息したのは秋子に当てこすりをしたわけではなかったが、そう受けとられてしまったのだろう。即座に訂正する。

「ん？　いや、ちょっと気になった商品があっただけだよ。大丈夫、損はしてない」

「パソコンの見張りなんか人に任せちゃえばいいのに」

怒っている風ではない。秋子は少し楽しげだ。

「そういう身分になったらね」

そう言いながら、吉井はやはり六〇〇〇万円に思いを馳せてしまう。だが、まだだ。ここで満足してはいけない。

すると秋子がさらに尋ねてきた。

「そのときは私、仕事やめていい？」

「仕事やめたい」という言葉は何度か聞いていたが、ここまではっきりと二人の関係を含めて「やめてもいい？」と訊かれたのははじめてのことだ。やはり秋子は吉井の変化を感じ取っている。ここは態度を鮮明にすべきだ。吉井はベッドから上半身を起こして秋子を見つめた。

「ああ」

秋子は嬉しそうに笑って、さらに踏みこんできた。

「いろいろ買うよ。欲しいものいっぱいあるから」

「いいよ」と吉井はためらわずに答えた。

これまで秋子に未来の夢を語られたり、〝欲しいもの〟を語られることが苦痛だった。それは吉井の稼ぎでは実現することは不可能だと思わされるからだ。だから、そんなとき、吉井は「がんばるよ」だったり「うまくいくといいな」などと曖昧に逃げていた。すると秋子はちょっと不機嫌な様子になる。

だが今は違った。ためらわずに「いいよ」と答えられる状況にあることは吉井にとっての喜びだ。

コーヒーミルを挽きながら秋子の顔に大きな笑みが浮かんでいた。

吉井と同じ市内なのだが、そのマンションがある場所は最寄り駅が二三区内にある。

駅名に引っ張られてかそのマンションの周辺だけは〝高級住宅街〟の装いだった。

賃貸マンションではあったが、その部屋の持ち主は吉井の高等専門学校時代の先輩の村岡耕太だ。年齢は三四歳で、高専時代に吉井との接点はあまりなかったが、同じ情報通信コースだったために、顔見知りであり、アルバイトの世話をしてくれた先輩だった。

村岡は卒業後に東証一部上場の設備機器メーカーに就職した出世頭だった。だが二年後には退職してしまい、フリーの転売屋になった。その際にまだ在学中だった吉井ら高専時代の後輩にアルバイトを斡旋したのだ。それは東京及びその近郊にある家電量販店の開店記念セールなどでチラシに載せられる目玉商品を徹夜して並び、代理で購入するというアルバイトだった。暑くても寒くてもきつい仕事だったが、徹夜で並ぶ際の椅子や簡易ベッド、寝袋などを村岡が支給してくれる上に、食事の提供まであった。時給にすればそれほど高いバイト代ではなかったが、転売が成功して大きな儲けが出たときには、宴席がもうけられて自由に飲み食いをさせてもらえることが楽しく、吉井をはじめ高専の仲間は当時の村岡の自宅に入り浸りになることが多かった。

そんな中で吉井は単位を落として留年した。なんとか卒業したものの、就職率一〇〇%と言われる高専卒業でありながらも、ギリギリの成績で卒業した吉井を雇ってくれたのは、中堅の食品加工会社だった。情報通信系の仕事での採用ではなく、工場でのオペレーション担当だった。ここに三年、そして弱小電機メーカーの子会社に移った。だが、当初の約束と違って工場勤務となって、腐っていた。そのとき、村岡から声がかかったのだ。

村岡は〝成功〟していた。ネットを介した〝商取引〟をして、かなり大きく稼いでいた。していることは家電量販店に並んでいたことと大差がなかった。ただアルバイトでは運べないほどの〝商品〟を大量に一瞬にして購入し、それをネット上で販売して、運送業者を使って配達するという仕組みが画期的だった。大きく稼ぐことができたのだ。

村岡が〝成功〟していることは招かれた自宅の様子を見るだけで充分だった。低層階の高級マンションだった。村岡の部屋は最上階の三階の角部屋だ。１ＬＤＫという間取りだったが、贅沢な造りで広かった。リビングには豪勢な革張りのソファがあり、その一角に大きなデスクがあって、巨大なモニターを備えたパソコンが接続されて、さらにソファに接続されたアームで腰かけたままノートパソコンを操作できるようになっていた。

見ればキッチンとダイニングの調度品や家具もしゃれていて新品ばかりだった。なにより驚いたのは大きな観葉植物の鉢が窓際にいくつも並べられていて、青々とした葉が窓からの陽光をうけていたことだ。仕事をしながらも植物を愛でる余裕があるのだ。吉井はこれほど豊かな生活を想像したこともなかった。

吉井は村岡に教えを請うた。稼ぐノウハウを教えてくれ、と。だが村岡はノウハウなんかない、と言い切った。とにかく暇な時間に俺の仕事を手伝って学べ、と言われて、吉井は休日と仕事終わりに村岡のマンションを訪れて手伝いをはじめたのだ。

その仕事は秋子が言っていた〝パソコンの巡回〟だった。最初の頃は村岡の部屋でパソコンを使うことを命じられた。村岡が眠ったり、遊びに行っている間に、吉井は〝商品〟を求めてネット上を走り回っていた。それはいくつかのヒットにつながり、吉井は村岡に認められた。東京の西の外れから村岡の自宅まで通うのが億劫になって、吉井は村岡のマンションにスクーターで通える場所に転居した。仕事もやめてしまおうと思ったが、慎重な吉井はクリーニング工場でアルバイトをするつもりで面接を受けたところ、社員として入社してくれ、と当時は営業部長だった滝本社長に懇願されて受けた。

クリーニング工場の仕事が予想外に忙しくて、村岡の家に通うことが難しいことを告げると、村岡はあっさりと自宅での〝パソコンの巡回〟を吉井に許した。つかんだ〝商品〟を盗まれないように村岡は吉井が村岡の家で操作するパソコン上でのログをモニターしていたようだったから、これは意外だった。

村岡の転売はジリジリと稼ぎが少なくなっていたのだ。売れ筋商品を可能な限り安く手に入れて、少し価格を盛って利益を得るというモデルが一般に膾炙してしまって儲けが少なくなっていたのだ。

村岡は吉井に〝免許皆伝〟を与えたわけではなかった。吉井にアルバイト代を払うだけの利益を得られなくなっていた。

だが「いいネタをつかんだら、絶対教えろよ」と吉井を脅すことも忘れなかった。吉井にそのつもりはなかった。すべて勘でしかなかったが〝売れ筋商品〟には多様性があることに気づいていた。一部の熱狂的なファンが求める〝くだらない商品〟が高額になることをネット巡回をするうちに気づき出したのだ。それを村岡は拒否した。「オタクは金持ってねぇよ」と。だがオタクは金を持っている。いや、なけなしの金を命をかけてまでつぎこむ。それは〝推し文化〟がここまで広まる前のことだった。

だがそのことを吉井は村岡には語らなかった。ただ自宅で独自の手法で〝ネット巡回〟をはじめたのだ。それはいくらかの稼ぎをもたらしたものの、吉井が満足できるような額ではなかった。

それでも吉井が家を訪れなくなり、より広い部屋に引っ越したと聞いて、村岡は吉井が稼いでいることを疑った。

学生時代から村岡が趣味にしているボードゲームをしよう、とときどき村岡は吉井に声をかける。どんな仕事をしているか探りを入れるためなのは吉井もわかっている。だが教えようとしてもマニュアルにできるわけがない。あくまで勘なのだ。

かといってこれから狙おうとしている〝商品〟を村岡に分け与える気にもならない。振りかえってみれば安いバイト代で、いいように使われてきたのだ、と今になればわかる。とはいえそうやって村岡の下で仕事を学んだのも間違いないので無下に断る

 こともできず、何度か誘われると断りきれずに家を訪ねることになる。

今日のゲームはＬＵＤＯというボードゲームだった。インド発祥でイギリスに渡ってから、世界に広がった。言ってみればすごろくなのだが、ルールが複雑なので飽きない、と村岡は言うが、吉井はすっかり飽きてしまっていた。

今日も村岡の部屋に招かれたのは吉井だけだった。

ダイニングテーブルに座って盤面に向き合っているのは吉井だけだ。いつも村岡は座らずにテーブルの周囲をブラブラと歩き回る。

「高専のときに俺と同期だった、後藤って覚えてる？」と村岡がサイコロを振った。

吉井は天井に目を向けて考える顔になったが、うなずいた。

「村岡さんと同期の……ああ、後藤さん、ええ」

駒を進めながら村岡がつまらなそうに続けた。

「こないだ捕まったって。アイドルのコンサートチケット、大量にさばいて」

「へえ、やっぱり危ない橋を渡るとロクなことないですね」

吉井もサイコロを振って駒を進めた。

「そうなんだよな」

村岡がサイコロを振って、苦笑を浮かべた。

「またショップ並ぶかあ。それもきついか、この歳になると」

吉井は反応しない。「ショップ並ぶ」は、高専時代に吉井たちがアルバイトに駆りだされた古典的な手口だった。少し前まではホームレスを使って、家電量販店などの開店時間まで並ばせているという噂を吉井は聞いたことがあった。それでもネット通販の方が安く手に入れられることが増えて、転売目的の「ショップ並ぶ」手法はほぼ消滅しているという。

村岡は暇なのだろう。以前より部屋がいくらか荒れているように感じていた。段ボール箱が部屋の片隅に多数積み上げられている。きっと売れ残りの〝商品〟だ。さらに目立つのは窓際の観葉植物だった。手入れをしていないようでしぼんでいて、みすぼらしい。

吉井は口を開かない。村岡に助言できることなどないのだ。

サイコロを振って駒を移動させようとした吉井の手が止まった。

このまま駒を進めると吉井の勝利が確定してしまう。

村岡はゲームが好きだったが、へただ。新たに購入した直後は攻略法を学んで圧勝するのだが、じきにゲームに慣れた吉井に惨敗する。〝応用〟が利かないのだ。村岡が負けるとゲームとは関係ない嫌味を言われたりするのが嫌で、最近は勝たないように吉井はしていた。

次の一手を考えるふりをして、いかにして負ける手に移動させるかを考えていた。

すると長考を不思議に思ったようで、村岡が盤面を眺めてかすかに顔を歪めた。気づかれてしまったようだ。

沈黙の時間が続いた。気まずかった。誘われてもここを訪れるのはやめよう、と吉井は思った。もう村岡から学ぶべきことはない。受けた〝恩〟ならとっくに返している。

「吉井」

村岡が沈黙を破った。案外に声は平静だ。

吉井は顔を上げずに長考しているふりを続けた。

「なんかないのか？　いい情報」

もちろん転売に関する〝情報〟だ。そんな情報があったとしても、まず自分が飛びついて商売してしまう。購入する元手が足りないから貸してくれ、と頼んだことはあったが、もうその心配もない。そもそも今の村岡にその財力がないように見える。

「ないです」と吉井は感情を殺して平板に答えた。

村岡は薄く笑って、自慢の高価なパソコンチェアに腰かけた。

「ふーん、本当か？」

「あったら、言いますよ、全部」

吉井は盤面から顔を上げて村岡に目を向けた。村岡は冷笑を浮かべていた。嫌な予感がした。

「俺は、ちょっといい情報持ってる」と言って村岡は天井を見上げてから、笑いながら続けた。

「まだ言えないけどな」

笑いながらチェアの背もたれに寄り掛かった。

「へーえ」とやはり感情が表に出ないように吉井は小さくうなずいた。嘘に決まっている。

「聞きたいか？」と村岡がさらに訊いてくる。自信がないのに突っこんでくるのが、村岡の弱点だ。ゲームでも同じミスをやらかす。

「まあ」と曖昧に答える。きっとなにもない。

「もう少し待ってろ。まず俺が手ェ出してみて、それで儲けが順調だったら、お前にも噛ませてやる」

「はい」

やはりなにもなかった。

「それでいいだろ？」とわざわざ念を押してくる。

「ええ」

虚しい言葉をいくら重ねても真実になるわけがないのに。そう思って吉井は気づいた。村岡は本当に行き詰まっている。だから自分がでっち上げた嘘話を信じているのだ。すがりついている。その気持ちは吉井にもわかった。大きな儲けを夢想して、それが現実だ、と思うと少し気が楽になる。

だが、もうそんな卑屈な真似をする必要はない。

「行けよ、早く」

ボードゲームを続けろ、と村岡は言っているのだ、とようやく吉井は気づいた。だが、盤面を何度眺めても逃げ道が見つけられない。勝つしかないのだ。

「はい。えーと、どうしたらいいかな」と盤面を見ながらとぼけて独りごちてみる。

するとチェアから立ち上がってテーブルの前にやってきた。

「勝ってるよ、お前」と村岡がいらついた声をたてた。

「え」と吉井がとぼけると、村岡は吉井の駒を動かした。簡単な手だった。

それでも吉井は「ホントだ」と驚いてみせた。

すると村岡が小さく舌打ちするのが聞こえた。

「馬鹿にしやがって」と言いながら、ゲーム盤を傾けて駒とサイコロをテーブルに散らした。


村岡の嫌味はなかった。ただ新たな稼ぎの方法をなんとなく匂わせて、確信には触れずにしゃべり続けた。うんざりしていたが、部屋を出るタイミングを失くしていた。午後一時になると「明日、早番なんで」と席を立とうとした。村岡は引き止めなかったが「仕事なんかやめちゃえよ。守りに入ってると、いざってときにパワーが出ねぇぞ」と言われた。

村岡のこの言葉だけは吉井の胸に響いた。正に今日も一日、そのことばかり考えていたからだ。だが同時に実質のない夢物語を語り続ける村岡からは〝パワー〟はまったく感じられなかった。

スクーターで公園脇の細い車道を飛ばしながら、クリーニング工場のことを考えていると、少し先でなにかが光るのが見えた。瞬時に吉井はブレーキを全力でかけた。

スクーターは転倒して盛大な音をたてて路面を滑った。吉井もスクーターの後から路面を何度か転がった。ヘルメットが路面にゴッゴッと当たる音がする。きっとヘルメットをかぶっていなかったら、大きな怪我をしたことだろう、と転がりながらぼんやりと頭の中で考えていた。

ようやく止まって立ち上がる。腰や腕が痛む。とはいえジャンパーとジーンズが破れただけで傷はない。さすりながら、前方で光っていたものの正体を確認する。

それはワイヤーだった。道路の両サイドにけやきが植えられている。そのけやきにワイヤーが縛りつけられていて、道路を横断しているのだ。

吉井はワイヤーに指で触れてみた。ピンと張られていて弾くと鈍い音がするほどだ。

地面からの高さは五〇㎝ほどのところだ。もしワイヤーに気づかず、そのまま直進していたら、激しく転倒していたかもしれない。そうなったら大怪我どころか命を落とすようなこともあったかもしれない。〝いたずら〟にしてはあまりにも悪質だ。

オートバイや自転車に乗っているすべての人を狙っていたのか。いや、それとも自分がここを通ることを知っている人物に、狙われたのか……。

誰かに見られているような気がして、振り向いた。

だが深夜の道路に人の姿はなかった。

工具を持っていなかったが、落ちていたブロックで何度かワイヤーが縛りつけてあるけやきの幹を数回叩くと、ピンと音を立ててワイヤーは切れた。

けやきの幹に大きな傷がついてしまった。しかし、このままにして帰ることはできなかった。警察に通報することも考えたが、参考人として署に連れて行かれると面倒だった。

スクーターを見てみるとサイドに大きな擦り傷ができていた。破けた服もスクーターも高価なものではなかった。通報したところで警察が補償してくれるわけでもない。

吉井は来た道を引き返して、大きな幹線道路に回って帰宅した。

滝本が工場の休憩コーナーに入ったのをプレス作業をしながら、吉井は見ていた。

もう決心はついている。

作業の手を止めると、まっすぐに休憩コーナー向かった。

吉井が仕事をやめたい、と告げると滝本は、怒りをたたえた目で吉井をにらんだ。

「やめる？　ここを？　本気で言ってるの？」

「はい」

「どういうこと？」

「別の仕事にチャレンジしようと思って」

椅子に腰かけて甘いコーヒーを飲んでいた滝本は、椅子から立ち上がった。

「別の仕事ってなに？」と目の前までやってきて、吉井の顔をまじまじと見つめる。

吉井が正気を失っているのではないか、と疑っているかのようだ。

面倒だった。転売の話をしたところで、理解されるわけもない。

「まだ、はっきりしたことは、わかりません」

滝本の眉間にしわが寄って、さらに険しい顔つきになった。

「なんだよ、それ。支離滅裂じゃないか」

「はい。すみません」

説明する気はなかった。謝って済むのなら、何度でも謝るつもりだ。

すると滝本は得心したようで、ひとりうなずく。

「それはきっと若さからくる、射幸心ってやつじゃないかな。人より幸せになりたいと簡単に願う欲望のことだ。まあ、たいていよせばいいのに、わざわざ危ない賭けに出て、結局負けて、あっと言う間に破滅する。そうなりたいのか？」

吉井はまた恐怖を感じていた。まるで滝本は専業で転売の仕事をしようとしていることを知っているかのようだった。だが失敗することを前提にしてはじめるわけがない。

「さあ、どうでしょうか」とはぐらかした。

「違うだろう。君はそういう人間じゃない。仕事には相手もいるし、僕たち仲間もいる。ひとりでやるギャンブルとはまったく違う」

職場に〝仲間〟と呼べる人間はひとりもいない。滝本自身も親戚である職場の〝仲間〟を〝退屈で無能〟と評していた。会社の運営に失敗して業績が悪化したら、真っ先に下っぱを問答無用で切り捨てていくだろう。同じ失敗をするなら、ひとりで精一杯やってみたい。

だがそんなことを滝本に言っても仕方がないことだ。

「君は若いのに常識を充分に心得ている。そこを僕は評価した。君は、自分で思っているより、ずっと誠実で忍耐強い人間だ」

吉井はもう滝本の言葉を聞く気を失っていた。「誠実で忍耐強い」は「心がない」ということだ。吉井はクリーニング工場の仕事に〝誠実に忍耐強く〟向き合ってきたわけではない。ただ、嫌でつまらない仕事をするために、自分を無にしてなにも感じないようにしてやり過ごしていただけなのだ。

だがそんなことを滝本に言うだけ無駄だ。

吉井は黙ったまま踵を返してその場を去ろうとした。

その背中に滝本が告げた。

「もっと自信を持ってくれ」

こんな〝仕事〟にどうやったら自信を持てるんだ、と心の中で毒づきながら、振りかえらずに吉井は歩き去った。

吉井はアパートの薄っぺらいドアを力任せに開いた。滝本の的外れの〝ほめ言葉〟が逆に吉井をいらつかせていた。

玄関には秋子のショートブーツがある。来ているのは知っていたが、怒りが収まらない。

靴を脱ぐとドタドタと音を立てて寝室に向かう。

「あれ、早い。夕飯の支度まだだった」と秋子がキッチンから声をかけた。

「うん、いいよ。ゆっくりで」

努めて穏やかな声で答えたつもりだったが、声のトーンが険しくなった。

「どうしたの？　夜勤に回された？」

夜勤の人手が足りなくなると、日勤から駆りだされることがあり、いったん帰宅して仮眠をとってから再出勤になったことがあった。そのときは秋子が部屋にやってくることが決まっていて、ひどく腹が立ったのを思い出して、吉井はますます怒りが増幅していた。

「いや、工場をやめた」

「三年も勤めたんだ。やめどきだよ。だんだん馬鹿になってくみたいな気がしてたんだ」

秋子の驚いた表情がまた吉井を不機嫌にさせる。

「え？」

秋子が小さく笑い声をたてる。

「変なの。良ちゃん、絶対仕事のしすぎ」

吉井はベッドにジャンパーを脱ぎ捨てると、キッチンの秋子に向き合った。

「秋子も仕事やめろよ。人の言いなりになって働くのはうんざりだろ」

秋子は即座に同意すると思っていたが、あやふやな笑みを浮かべる。

「良ちゃん、なんか変わった」

秋子はキッチンで食事の支度をはじめようとした。

「計画があるんだ」

吉井の言葉に、秋子は手を止めて吉井の顔をしげしげと見つめる。

「なんの計画？」

「ちょっといい計画」と吉井は笑みを浮かべた。

「へえ、なんだろう」

そう言いつつ秋子は流しでじゃがいもを洗う。

吉井は秋子の後ろに立って独り言のようにつぶやいた。

「生活を変える。お金だってもっと使えるようになる」

秋子はじゃがいもを洗う手を止めて吉井に向き直った。

「ホント?」と笑みがこぼれた。

「ああ」と吉井も笑みで応える。

秋子はまた流しに向かってじゃがいもを洗いながら「楽しみにしてる」と付け加えた。

吉井からは秋子の表情が見えなかった。だがその声には期待がこめられているのを感じて、吉井は決意を新たにした。

2

一月の末に近くなっても本格的な寒さがやってこなかった。

クリーニング工場をやめてから、一週間が経っていた。ほぼ一日中ネット巡回をして、目ぼしい商品を探していたが、なかなか大きな商品は見つけられない。それでもフリマサイトで模造刀の出物を見つけた。これを二万円で競り落とせた。別のサイトで一二万で売り出したところ、即座に売れた。どうやら模造刀だとは理解せずに買ったようだったが、勘違いしてくれているのをわざわざ訂正する必要もない。

大きな商売はこれだけだったが、オタク系のフィギュアやゲーム関係でいくらか利益を上げていた。

やはり時間をかければ、コンスタントに〝商品〟を売買できるチャンスがあった。クリーニング工場をやめたのはやはり正解だった。まだ得ていた給与を超えるほどの儲けは出ていなかったが、ボーナスのように年に二回でも大きな稼ぎができれば……。いや、年に二回などと甘えたことは言っていられない。毎週のように〝商品〟を当てるのだ。


しばらく音沙汰がなかった村岡から連絡があった。

いつものように「ゲームをやろう」という誘いだったが、吉井は断った。〝仕事〟が忙しいと理由を告げると、村岡はいつになくご機嫌な調子で嫌味を言った。

「クリーニングの繁忙期だもんな。アルバイトでもしてんの？　転売だけで食ってくのは厳しいか。いい話があるから来いよ」

どうやら村岡は吉井がクリーニング工場の仕事をやめたことをどこかから聞いたようだ。あるいは工場に電話をして確認していたのかもしれない。村岡から着信があったが応答しなかったことが何度かあったのだ。

結局、吉井は村岡の部屋を訪れることになってしまった。歩いて村岡の部屋まで向かった。片道で一時間弱の距離だ。散歩にはちょうどいい。

「前から言ってた話、そろそろ本格化させようと思ってる」

あまりじろじろ見てはいけない、と思いつつも吉井はリビングダイニングに足を踏み入れることもできずに立ったままで部屋を見渡していた。ひどいありさまだった。

前回訪れたときに積み上げられていた段ボール箱はそのままだったが、広いリビングダイニングがゴミで埋めつくされていた。激安弁当の空箱、焼酎のペットボトル、空き缶やビンがゴロゴロとそこら中に転がっている。脱ぎ捨てられた洋服や下着なども洗濯された様子はない。観葉植物は完全に枯れてしまっている。その惨状を隠そうとしているのか、窓のブラインドをすべて下げているので、昼間なのに部屋はひどく暗い。

吉井が玄関から入って、狭い廊下を歩いてリビングの前に到着するまでに得体の知れないゴミなどをいくつも踏みつぶしてしまうほどに家中が散らかっている。

だが村岡は部屋の荒れようを気にしている風に見えない。いつものように席に座らずにウロウロとゴミの中を歩き回りながら話を続ける。歩くたびに空き缶を蹴ってしまって、ガチャガチャと耳障りな音がする。

吉井はしばらく呆然（ぼうぜん）としていたが、村岡がなにか話していることにようやく気づいた。

「前の話？　なんでしたっけ？」

「新しいオークションサイトを立ち上げる話だよ」

村岡はなおも部屋のゴミを踏んだり蹴ったりしながらにこやかに話す。まるでわざと散らかして、吉井の反応を面白がっているかのようだ。だが吉井は村岡の笑顔がどこか虚ろであることに気づいた。

「新しいオークションサイト」について話を聞いた覚えがなかった。だが面倒なので「ああ」と首肯した。

「アプリ開発メーカーとコネができた。こそこそした闇サイトじゃないぞ。やるなら堂々とした本格的なやつをやる」

「コネ」レベルのことで、新たなオークションサイトを立ち上げてくれるメーカーがあるとしたら、それは詐欺でしかない。だがどう見ても村岡の経済状態は〝貧窮〟であり、詐欺師も相手にしないだろう。

「すごいですね」と吉井は感嘆してみせた。

すると村岡は目を輝かせた。だがやはりどこか虚ろだ。

「それで吉井、お前も一枚噛め。まあ、ちょっとした投資だよ。すぐに何倍にもなって戻ってくる」

吉井はしばらく村岡の言葉を呑みこめなかった。だが村岡の探るような視線を見ながらようやく気づいた。〝投資〟という名の詐欺を仕掛けようとしているのは村岡なのだ、と。

「一〇〇万でいい」

村岡が吉井の目をのぞきこむ。

「無理ですよ、そんな大金」

「五〇万でもいい」

「無理です」

「いくらなら出せるんだ？」

村岡の目が鋭くなっていた。切羽詰まっているのだ。おそらく今日の食費にも事欠くような状態なのだろう。

「ん～」と吉井は考えるふりをした。きっと一万円でもありがたがるだろう。だが恵む金としては高すぎる。財布には現金が二〇〇〇円ほどしかない。一〇〇〇円は残して……。

村岡が吉井の背を押そうと急に熱を帯びた顔つきになっている。この部屋のように村岡の心も荒んでいるようだ。

「今がチャンスだぞ。今しかない。いつまでも転売屋なんか続けてられないだろ。商品の値段が上がったの下がったの、朝から晩まで監視して一喜一憂するだけの生活で、お前本当に満足か。なあ、どうなんだ？」

最後は詰問するような口調になって、吉井は思わず顔をしかめてしまった。

「俺はまだ村岡さんほど経験ないんで、よくわからないです」

そう言って吉井はギラギラとした村岡の視線から逃れるように、比較的ゴミの少ないソファに移動して腰かけた。

村岡も移動して、パソコンチェアに腰かけた。吉井に視線を向けないままもごもごとつぶやくような声を出した。

「お前も最初は、楽して儲けたいってことではじめたんだよな」

「はい」

「楽になったか？」

「いえ」

「全然、楽になんかなんねぇよ。儲かりもしない。でもやめられない。いつからこうなったんだろうな、俺たち」

「俺たち」という村岡の言葉に吉井は違和感——というより嫌悪感を抱いていた。一緒にしないでくれ、と。

「さあ……」とうやむやな返事をしておくにとどめた。

村岡が黙っているので、吉井は村岡の様子を見た。すると身を乗り出して、険しい目で吉井をにらんでいた。

「なんだ、その顔」

「え？」

「自分は関係ないって顔するなよ」と村岡は吐き捨てるように告げた。

「俺、そんな顔してます？」

吉井はとぼけてみせたが、村岡は悔しそうに顔を歪めた。

「いいよ、もう。俺ひとりでやる。一発大逆転だ。後で悔しがるなよ」

村岡の捨てぜりふに吉井は返す言葉もなかった。もうどうでも良かった。

「帰ります」と村岡に告げて、吉井は部屋を出た。共用の廊下に出ると、村岡の部屋がひどい悪臭だったことにあらためて気づいた。驚いてしまって臭いを感じる余裕も失っていたのだ。

廊下をエレベーターに向かって歩き出すと、村岡が玄関を開けて出てきた。素足にサンダル履きだ。村岡自身も臭かった。綺麗好きでいつもほんのりコロンの香りを漂わせていたのが嘘のようだ。

「俺も買い物あるから、一緒に出るわ」と村岡が笑った。卑屈な笑みだった。マンションの前の細い道に出て、大通りを越えるとスーパーマーケットがある。そこで買い物をするつもりだろう。支払いを押しつけるつもりだ。

エレベーターの中で吉井も村岡も口を開かなかった。だが吉井はもう気まずくもなかった。村岡の存在はひどく薄く軽くなっていた。

マンション前の下り坂を歩きながら村岡が「あ」と悲鳴のような声を出した。

「財布、忘れちゃったよ。ちょっと貸してくれない？」

吉井は財布を取り出すと、村岡に見えるように財布を開いて一〇〇〇円札を二枚取り出した。

「俺、バスで帰ります。ここからだと一本なんで。バス代あるんで一〇〇〇円でいいですか？」

「悪いな」と村岡は一〇〇〇円札を受け取った。

大通りのバス停の前で時刻表を吉井が確認していると、村岡が話しかけてきた。

「さっきの話……新しいオークションサイトの立ち上げ。まあ、気が向いたら、一回考えてみてよ」

村岡はそのままバス停の脇にあるベンチに腰かけてしまった。

「はい」と吉井は気のない返事をしながら、なおも時刻表を眺めた。

それに気づかずに、村岡はぼやいた。

「なんとかしないと、まずいんだ、本当に」

そう言って村岡はひとつため息をついた。

「良ちゃん」と吉井は背後から呼びかけられた。振り向くとそこに秋子が立っていた。

「え？　なにしてんの？」

「今から良ちゃんちに行こうと思って」

秋子は仕事帰りのようだ。散歩がてら駅から吉井の部屋まで歩くことが秋子の〝運動〟だった。ときに吉井も付き合わされる。おかげで歩くことに抵抗がなくなった。

「俺もちょうど帰るところ……」

秋子がベンチの村岡をちらりと見やった。

「こちら、先輩の村岡さん」

吉井が紹介すると村岡がベンチに座ったまま挨拶する。

「村岡でーす」

「藤田です。はじめまして」

秋子は丁寧にお辞儀する。

「えー、とー、どういう関係？」

村岡が吉井に尋ねた。

「彼女です」

「ああ〜、一緒に住んでるの？」

「いえ、まあ、ときどき」

「結婚前提としてつきあってるってこと？」

吉井は秋子と視線を交わした。秋子は問いかけるような目を吉井に向けてきた。

「はい。そのつもりです」

吉井は言い切ってしまった。今まで一度も秋子と結婚の話をしたことはなかった。

「そうか。いつのまにか、お前そういう平凡な幸せを手に入れてたんだな」

吉井の知る限り、村岡に彼女がいたことはなかった。

「すみません」

思わず詫びの言葉が口をついて出てしまった。

村岡は吉井に目を向けずに顔をそらした。

秋子と一緒に歩いて帰ることも考えたが、村岡がついてきてしまいそうで、やってきたバスに秋子と乗りこんだ。

村岡はベンチに座ったままでぼんやりと吉井たちを見送った。

バスは空いていた。バス後部の出口付近のシートに吉井と秋子は並んで座れた。

「さっきの人は？」

秋子が座るとすぐに尋ねてきた。名前も覚えていないようだ。

「高専の先輩。別にどうと言うこともない人だよ」

手切れ金は一〇〇〇円の先輩だ。

「ふーん」と秋子は興味なさそうな返事をしてから、顔を輝かせた。

「それで本気なの？」

「なにが？　結婚？　うん」

「へえ」と秋子は笑った。だがその笑いが吉井を不安にさせた。喜んでいる風でもなく、驚いてさえいない。その笑みは「本気じゃないんでしょ」という風に吉井には見えた。

　吉井は真剣な顔で秋子を見つめた。

「もちろん。本気だ」

　すると秋子の笑みがほんのりと柔らかくなった。

「新しい生活か。いいかもね」

「だろ」

「ちょうど引っ越そうと思ってたところだし」

「俺も、今のアパートを引き払う」

　そろそろ話そうと思っていたのだが、その〝引っ越し〟は、秋子にはかなりハードルが高いものになるので、切り出せなかったのだ。だが秋子も引っ越しを本格的に考えていることを聞いて、吉井はようやく話せた。

「え？　じゃあ、どこに住むの？」

「新しい家を見つけた。広いぞ。ちょっと遠いけど」

「ホントに？」

「うん」

　秋子の顔が輝いたように見えた。

「どの辺？」

「マップ見る？」

「あ、見せて見せて」

吉井はポケットからスマホを取り出した。

そのとき、吉井たちに背を向けて吊り革につかまっていた黒ずくめの服装をした男が、動いた。足音をまるでたてずに素早く移動して、吉井たちの後ろの席に座る。だが吉井は秋子に新たに移り住む予定の〝家〟の写真を見せようとスマホの操作に夢中で、まるで黒い男の存在に気づいていなかった。

「この、山の中の、湖のほとり……の、えーとね、ホラ」

ようやく画像を見つけ出して、秋子に見せた。

すると後ろの黒い男が背後から身を乗り出して吉井のスマホをのぞいた。

最初は秋子の反応に気を取られていた吉井だったが、あまりに露骨に背後からのぞきこまれていることに気づいて、吉井はスマホを隠して振り向いた。

するとまたも足音もなく風のように黒い男は動いた。出口の前に移動してうつむいたままだ。長髪が顔を隠しているので、その顔つきははっきりとはわからない。しかし、かすかに見える横顔に見覚えがなかった。似たような身長と体型の知り合いにも心当たりがない。

黒い男は吉井が凝視していることに気づいているはずだが、バス停に停車して降りていくまでうつむいていて身じろぎもせずにいた。なんとも不気味だった。

階段に置かれていたネズミの死骸、深夜に道路に張られていたワイヤーが吉井の脳裏を駆けめぐっていた。

誰だ？

バスを降りた黒い男を吉井は見据えていたが、黒い男は決して吉井を見返さなかった。ただバス停でたたずんでいた。

早々に、不動産屋と契約を交わして、新居が決まった。週末に転居することにして、引っ越し業者と日程を詰めた。

秋子は吉井の新居で同棲することになった。「ちょっと遠い」と吉井は言ったが場所は群馬県だった。湖に面した山の中腹にあるかつて会社の保養施設だったものが、リフォームされて売りに出されたものの、交通の便の悪さとリフォーム時に予算の関係で手をつけられなかった屋根や外壁の傷み具合が災いして、売れなかった。リフォーム代金だけでも回収しようと不動産会社が格安で再販売したが、やはり売れず、賃貸物件として破格の賃料で登録されたのだ。不動産会社は貸別荘としてリゾート開発業者が外壁などをリフォームして運営してくれることを当てこんでいたが、別荘にしては広すぎ、リゾートホテルにするには部屋数が足りなかった。二〇一六年に賃貸に出されてから、八年間も借り手がつかなかったのだ。

だからその物件を通年で賃貸したいと申し出た吉井が連絡をとったときには、賃料は〝タダ〟のようなものだった。それをさらに吉井は値切ることに成功していた。

それだけ交通の便が悪いのだから、秋子は都内の職場に通うことは不可能だった。吉井と一緒に住むとなれば仕事をやめなければならなかった。実際、群馬に引っ越すと聞いた秋子は渋い顔をした。だが旅行がてら吉井は秋子を連れて物件を下見に行った。すると秋子は即座に仕事をやめることを決めたのだ。

吉井は仕事に区切りをつけると、パソコンをシャットダウンした。今日も大きな収穫はなかった。手堅いゲームソフトの売買が数点あって一応の儲けは出たが、〝おこづかい〟のレベルだ。

だが気分が落ちこむようなことはなかった。群馬への転居が吉井を興奮させていた。引っ越しのための荷造りをはじめた。自分でも驚くほどに〝私物〟がなかった。洋服などは季節ごとに数着ずつしかなく、本や雑誌などもまったく部屋にはない。転売のためのパソコン関係が一番の荷物になりそうだった。だがこれは転居ギリギリまで使わなければならないので、梱包はできない。食器や調理器具なども秋子が部屋にやってくるようになっていくらか増えたが、最低限のものでしかない。引っ越し業者から送られてきた段ボールに梱包材で包んで食器などを入れていく。

そのとき、部屋の照明が揺れた。これはここ一年ばかり続いている。どうやら老朽化した電気の配線がどこかで接触不良でも起こしているようだった。大家に訴えてもなかなか動かないので、あきらめていた。ただパソコンが落ちてしまうことだけは避けたかった。そこで、バックアップ電源をパソコン関係には配していた。停電しても丸一日はパソコンとネット接続の電源だけは確保できる状態だ。

今度は照明が明滅した。どこかでジジジと音が聞こえて部屋が真っ暗になった。かすかに街灯の明かりが窓から見えるので、やはり部屋の配線がついに切れたのだろう。それでも壁の照明のスイッチをON／OFFしてみる。照明は沈黙したままだ。スマホを探したが暗くて見当たらない。ベッドで見ていたのが最後だったか……。キッチンの引き出しに前の住人が忘れていったであろう懐中電灯があったのを思い出した。足下に注意しながらキッチンに移動して、懐中電灯を探り当てて、スイッチを入れてみたが、点灯しない。

窓辺に寄って街灯の明かりを頼りに懐中電灯のスイッチを確認しながら、再び入れてみたがやはり点かない。電池が切れているのだろう。

そのとき、街灯に照らしだされた男の姿がアパートの前の道に立っているのが見えた。しかもこの部屋を見上げている。

それは間違いなくクリーニング工場の社長である滝本だった。

吉井は素早く動いて、窓辺から離れて身をかがめた。

滝本が家を訪れてきたのははじめてだ。チラリと見えた滝本の手には白いビニール袋があって、そこから日本酒と思われるビンが見えた。

酒を呑み交わすことで吉井を懐柔して、復職させようとでもしているのだろうか。

もう一度確認しようと思ったが、その必要はなかった。夜の街に大きな足音が響く。いつも履いている先のとがった高級な革靴の足音だ。滝本で間違いない。

やがて足音が変わった。鉄製の階段を上がってくるのだ。

吉井は息をすることも忘れて、しゃがみこんで動けなかった。

足音が部屋の前までやってきた。ネズミの死骸、ワイヤー、黒い男……。このところ続いていた不穏な〝事件〟以来、吉井は慎重になっていた。玄関の鍵はしっかりとかけてある。だが薄っぺらなベニヤのような玄関ドアは心もとない。

チャイムが鳴って吉井はビクリと身体を震わせた。だが応答はしない。

照明が落ちる前から、滝本は部屋の様子を探っていたのだろうか。だとしたら消灯して眠ったと思っているだろうか。それでもチャイムを鳴らしている。もしかすると窓辺に立っていた姿を見られたのかもしれない……。

チャイムが繰り返し何度も押された。〝そこにいることはわかってるんだ〟とでも言うように執拗にチャイムを押し続ける。

ジジと音がした。

チャイムが影響を与えたのか、急に照明が灯った。

吉井は足音を忍ばせながらも、機敏に動いてスイッチをOFFにした。

居留守がバレただろう。だが吉井は応答する気はなかった。午後一一時を回っているのだ。尋常ではない。滝本が持参した日本酒のビンが凶器になることを想像して吉井は血の気がひいた。

だがチャイムは鳴らない。玄関ドアの小さなすりガラスから見えるシルエットで滝本が玄関前に立っていることはわかった。

やがてチャイムが鳴らされた。だが一回だけだ。すぐに拳でドアをノックしはじめた。一度ではない。繰り返し何度も。だが少し遠慮してノックしているような雰囲気があった。

しかし、決して対応するつもりはなかった。

ノックが止まった。それでも玄関前に滝本のシルエットはあった。坊主刈りのシルエット。長かった。吉井はしゃがんだ足がしびれるのを感じていた。

前触れもなく大きな靴音をたてて、滝本は階段を下りていった。コツコツと道路へと移り遠ざかっていく。

靴音はまもなく聞こえなくなった。

吉井はしびれた足を伸ばしながらほっとため息をついた。

もう、お前らとは会うこともない。

3

　一二月も半ばを過ぎると雪が積もることがある、と聞かされていたので、その前に引っ越しは行われた。

　湖畔から山のすそ野をぐるりと巡る舗装された観光道路があるのだが、保養所だった新居までは、狭い私道があるのみなのだ。冬場は四輪駆動車が必要になると不動産屋には言われたが、借りたレンタカーは二輪駆動車だった。秋子の身の回りの品と吉井の仕事道具のパソコンなどを積載して午前中のうちに、新居に到着していた。

　荷物を降ろしてからレンタカーを駅前で返却すると、その足で不動産屋を訪れて、担当者の車で新居に戻ってきた。

　新居は個人宅とは思えないほどに大きかった。建坪は約五〇坪。鉄筋コンクリート造の二階建てだ。一階にはキッチンと大きな食堂とでも言いたくなるような広間がある。あまりに広いので間仕切りを入れて倉庫スペースと仕事場、そしてソファとテーブルをおいたリビングダイニングスペースに区切る必要がありそうだ。奥には金属製の丈夫なラックが壁面を埋めつくしている。さらにワークデスクも設置されている。

これで梱包作業がかなり楽になるはずだった。

そして大きな掃き出し窓の前にはパソコンデスクとチェアが置かれている。

ほとんどはリサイクル品だったが、それなりの出費になってしまった。

水回りもすべて一階にあり、収納もたっぷりと余裕がある造りになっている。

二階にもトイレとシャワーがあって、一〇畳ほどの寝室が三部屋あった。ここが主な生活スペースになるだろうが、二人で暮らすには有り余る部屋数だった。それもいずれ埋まっていくだろう。秋子のクローゼットになるかもしれないし、趣味の部屋を作ってもいい……。

ただどうにも気になるのが、新居の外見だった。屋根は掃除をされた形跡もなく、苔が覆ってしまっているし、外壁は日に焼けてみすぼらしい。とはいえ雨漏りもないし、虫や小動物が入りこんでいる風もない。もっとも冬場なので虫は見かけないだけなのかもしれない。

だがそれも含めての格安家賃なので、甘受するしかない。

玄関——といっても通常の玄関ではない。強化ガラス製の大きな二枚扉があり、一見するとなにかの店舗のようだ。開けるとそこにはタイル張りの広い三和土があり、くつ箱が据えつけられている。このあたりは本当に保養所らしい。

キッチンや風呂、トイレ、さらに床板や壁紙もすべてリフォームされていて、八年前の施工とはいえ、その間誰も住まわなかったのだから、室内だけは新築のようだ。

秋子とあらためて室内を見て歩いて感嘆していると、車で吉井たちを駅前から送ってきてくれた不動産屋の中年の男性社員が、玄関で呼ぶ声が聞こえた。

すっかり忘れていた。男性社員は引き渡しの最終確認のためにここまで送り届けてくれたのだ。

スーツ姿の男性社員は玄関の三和土で恐縮して一礼した。

「すみません。お呼びだてしまして」

「いえ」

「では、これを」と鍵の束を男性社員が吉井に差し出した。玄関、裏口、物置の鍵だった。それを吉井は受け取った。

「いい物件でしょう？　この広さで月七万というのはなかなかないですからね」

「そうですね。お世話になりました」

そう言いながら、吉井は玄関に山積みにされている段ボールを確認していく。

「ここでお仕事ですか？」と吉井が作業する姿を見ながら男性社員が尋ねてきた。

「ええ」

「どのような」

契約時には具体的な吉井の職業を告げていなかったが、いまさら隠す必要もない、とありのままを告げた。

「転売屋です」

「ああ、なるほど……」と男性社員が応じたが、その口ぶりから転売屋がどんな仕事をしているか知らないようだ。

吉井はかまわずに作業を続けていると「じゃあ、よろしくお願いします」と男性社員は戻っていった。

午後になると引っ越し業者が到着して、吉井と秋子の寝具や家具、食器、衣類などを部屋に運びこんでくれた。それを整理してようやく人心地がついた。

見渡してみるとやはり広い。

レストランの厨房のような設備の揃ったキッチンで秋子はあれこれと設備を試しては歓声をあげている。

「どお？ このキッチンすごくない？」

まるで自分の城のように秋子は両手を広げてキッチンを吉井に示す。

「うん、いいね」

「なんか夢みたい。私の人生にこんな瞬間が訪れるなんて、思ってもみなかった」

あまり感情を露にしない秋子にしては爆発的な喜びの表現だった。

その言葉を聞きながら吉井はその心地よさに酔った。だが同時に照れくささもあった。

「まあ、せいぜい料理に励んでよ」

照れ隠しにそんなことを言ってしまった。言ってから秋子が不機嫌になっていないか、と不安になった。ところが秋子は上機嫌だ。

「うん。がんばる」

少し上気して秋子の白い頬が赤らんでいた。愛おしくなって吉井は抱きしめたくなったが、インターフォンが押されて、吉井は我に返った。午後にも〝商品〟が配達される予定だったのだ。

配送業者の二トントラックが玄関の前に停車されて、荷台が開かれた。段ボール箱に収められた〝商品〟が積載されていた。

配達員の青年は、玄関にすでに山積みされている段ボール箱を見て「台車があるんで中まで運びますよ」と申し出てくれた。

吉井はその言葉に甘えた。興奮していて気づかなかったが、長距離運転と引っ越し作業で身体が疲れ切っていた。

吉井は配達員に指示をして、ダイニングの奥にあるラックが並ぶ倉庫スペースに運びこんでもらった。

とはいえ吉井も休んでいる暇はなく、パソコンを設置して環境を整えていく。

結局、奥の倉庫スペースに運ばれてきた段ボール箱に入った〝商品〟は収まり切らず、一部はダイニングに山積みにされた。商品を購入しすぎていた。気負いすぎたと吉井は反省するしかなかった。とにかくこのままでは折角の新居がただの倉庫にしか見えない。

段ボール箱の中の梱包材を取り出し〝商品〟の体積を減らして奥のラックになんとか詰めこみたかった。

だがその手間を考えると放棄したくなる。今は稼ぐ時間の確保が必要だ。一番の整理方法は売ってしまうということなのだ。

吉井は無料の求人サイトにアクセスして、アルバイトを募集した。

〝男女学歴不問。二五歳くらいまで。倉庫内の軽い整理作業。一日数時間(要相談)。時給一一〇〇円。交通費負担。近隣居住者希望。バイク・車通勤可。〟

これだけの条件で募集をかけたが応募があったのは一人だけだった。山の中腹までこれからの寒い時期に山道をバイクや車で通うことはリスクでしかなかったようだ。

採用した佐野(さの)たけしは二三歳の無職の青年だった。麓(ふもと)の町で両親と同居していて、バイクで通ってくるという。雪が降った場合は徒歩で三〇分ほどでたどり着けるそうだ。履歴書の提出は求めなかったが、会ってみると好青年でその場で雇うことにした。

まず作業机の上を占拠している段ボール箱の中身を種類別に分けて梱包しなおしてくれ、と課題を与えると、意外なほどに手際よく片づけていくのだった。

その様子をパソコンを操作しながらチラチラと見ていた吉井は感心しながら声をかけた。

「佐野くんって、この村の出身？」

「はい」と答えながら、佐野は様々な段ボール箱の中から集めたガムテープをひとつの段ボール箱に一杯に詰めているところだった。

「ずっとここなの？」

「あ、いや、中学のあと、一度東京に出たんですけど、俺、頭悪いし、手に職もないんで、あんまうまくいかなかったっす」

高校には通っていなかったということか。吉井も裕福とはいえない家庭環境で育っていたから気持ちはなんとなくわかった。なにより自分のことを「頭悪い」と言ってしまう佐野の率直さに吉井は好感を持った。

「それでこっちに戻ったの？」

「はい」

佐野は空にした段ボールを束にして、奥にあるラックに片づけている。その手際も無駄がなくていい。

「でも、こっちだと、佐野くんに向いたような仕事少ないでしょ」

段ボール箱の片づけが佐野に向いているとは思わなかったが、それはあくまでもアルバイトだ。今日の仕事ぶりを見ただけでも、佐野は頭は悪くないし、合理的に整然と仕事を進める能力があるということがわかった。だがクリーニング工場の滝本が、まったく違う方向で吉井のことを評価していたことを思い出して、それ以上のことは言わない方がいい、と自分を戒めた。

佐野は段ボールの束を片づけ終えると、次の段ボール箱の整理に入った。

「はい。だからずっと無職でした。なんで、雇ってもらって無茶苦茶ラッキーです」

にわかには信じがたいような佐野の言葉だった。学歴はなくともいくらでも仕事ができそうな青年に思えた。だが、こちらの思いを佐野に告げるのはやめようと吉井は思った。

「そう。じゃあ、まあ、よろしく」

吉井がそう言うと佐野はとても嬉しそうに笑って一礼して、仕事に戻った。

なんだかうまくいきそうな予感があって吉井は気分が良くなった。


秋子は時間を持て余していた。朝食が済むとすることがなくなるのだ。駅前に買い物に出てみたこともあったが、歩いていく以外には手段がない。坂道でもあったし、買ったものを持ち帰ることを考えると最低限に抑えようという気持ちが働いてしまう。

東京から引っ越し屋が運んでくれた吉井のスクーターは、自動車の免許はあるが、今まで一度もバイクに乗ったことがないので、秋子には使えなかった。電動アシストの自転車があれば、往復もずいぶん楽になる。しかし、少しいいものになると二〇万円を超えてしまう。自分では払えない額だ。吉井にねだるタイミングをはかっていた。

そんなことを考えながら、昼食までの時間を散歩をして過ごしていた。それ以外にすることがない。小一時間も歩いて勝手口からキッチンに入ろうとすると、裏口にあるゴミの集積場所に、人の姿があった。朝に吉井に紹介されたアルバイトの佐野だった。大きなゴミ袋を二つも手にして、動物よけのネットをたくしあげてゴミをきちんと出している。

秋子が背後にいることに気づいていないようなので、落ち葉を踏んで近づいてみた。

佐野は顔を上げて秋子を見やった。

秋子は首を傾げて佐野に微笑した。

佐野は無表情のままで小さく会釈をすると、そそくさと家の中に戻った。

秋子は裏庭に取り残されたような気がして、少し気持ちがもやもやした。

大量に購入してしまったのは高級ブランド〝凧〟バッグだ。出品するにあたって、値段をいくらにするか、パソコンに向かって吉井は思案していた。

キャッチコピーは決めてある。決してブランド名は出さない。それが重要だ。あくまでぼやかせる。

〝フランス製高級レザーバッグ　大人気カラー　国内完売品　早いもの勝ち　サイト最安値〟

オレンジの強烈な色みのレザーバッグの本物は新品の入手はほぼ不可能だ。正規ショップでオーダーしても納品期日は確約されないほどの売れ行きで世界で奪い合いになっていると言われていた。だから中古品の値が上がっている。本物の正規品よりも中古品の値が上回っているほどの人気なのだ。電子治療器と似ている、と吉井は思った。これは売れる。

真正品は一〇〇万円を超える。〝凧〟の模造品だとしても、ランクがある。吉井が手に入れた〝商品〟の買値はひとつ一万円だった。一万円を下回ると途端に縫製などが荒くなって素人目にもニセモノとわかる。それでも欲しいという層は一定数いるのだが、彼らは高額では決して買わない。つまり儲けが少なくなる。限りなく本物に近いニセモノを求める層を狙うとなると値段のつけ方が鍵になるのだ。

三〇万円では手を出さないが二〇万円なら欲しがる。品質も悪くないと思ってもらえる。そんなところが〝普通〟の転売屋の相場だ。

一五万か、いや、高い。一〇万だと安く見られるか……。

「ラーテルってなんですか?」

いきなり後ろから声をかけられて、吉井は身体を震わせるほどに驚いてしまった。振り向くと佐野が腰をかがめてパソコンのモニター画面を見ていた。

吉井はキーボードを操作して画面をデスクトップに切り替えた。

「これはハンドルネーム。実名出したらまずいでしょ」

「ああ」と佐野は納得したようだ。

釘を刺しておかなければならない、と吉井は佐野に向き直った。

「それと佐野くん、勝手にパソコンのぞかないで」

するとと佐野は「ああ」と気づいたようで、姿勢を正すと「はい、すみません」と神妙に頭を下げた。

まだ幼いところもあるが素直ではある。

少しフォローする必要があるな、と吉井は立ち上がった。

佐野は奥の棚の前で段ボール箱を整理している。その表情はやはり少し硬い。

吉井はラックから〝MADE IN FRANCE〟と書かれた段ボールをひとつ取り出した。箱を開けて中からオレンジ色のバッグを取り出す。

「これなんだかわかる？」

佐野はバッグをしげしげと見た。

「どこかのブランドバッグですか？」

「そう見えるよね」

すると佐野の顔に笑みが広がった。

「あ、ニセモノですか？」

吉井も笑みを浮かべながらさらに問いかける。

「どうしてそう思うの？」

「いやなんとなく……」と佐野は答えに窮してもじもじしている。

「実は俺にもわからない。でも、写真だけ見て一個、一万円で買った」

「へえ」と佐野が驚いて目を丸くしている。転売の知識はまるでないようだ。

「一万円で買ったこれを一個一〇万円で売る。それでダメなら五万円値下げしてもいい。買いたい人がいれば売れる。それで終わりだ」

佐野はしばらく吉井の言葉を咀嚼（そしゃく）するように何度もうなずいた。そして目を見開く。

「本物かニセモノかは、関係ないってことですね」

吉井は佐野の察しの良さに舌を巻いた。善悪ではない。正邪でもない。なにも裁かない。ただ右から左へ。そうすれば逮捕されることもない。

「そうなんだよ。それを確かめる前に手放す。あっと言う間に売ってしまう。そこがコツだね。まあ、ババ抜きみたいなものかな」

つまりババを最後まで持ってたヤツが負ける。吉井の脳裏に浮かんだのは村岡の顔だった。

その日は午後になると、風が強まった。湖面が波うって、あっと言う間に黒い雲が太陽を覆ってしまった。そうなると林の中の新居は夜のように暗くなってしまう。

家の中から裏庭に広がる林を見ながら、その暗さが吉井を不安にした。

吉井は頭を振って、不安をやり過ごすとパソコンに集中した。

風が木を揺らす音が気になって、なかなか眠りにつけなかった吉井だったが、いつのまにか寝入っていたようだ。

隣では秋子が寝息をたてて寝入っている。

そっとベッドを出ると、階下へと向かった。

喉の渇きを覚えていたのだ。キッチンの冷蔵庫を開けると、冷蔵庫の明かりが暗いキッチンに広がった。ペットボトルを取り出してキャップを開けて飲みながら、つけっぱなしにしてあるパソコンのモニターに目をやった。

そこには出品したばかりのフランス製のバッグが表示されていた。

そのうち三個が〝SOLD OUT〟になっている。三〇万円だ。まだ元はとれていないが、この調子で伸ばしていけば、確実に儲けが出そうだ。それもかなり大きく。

吉井は少し離れた場所で画面を見ながら水をさらに口にして吐息をついた。同時に風きり音なのか、自動車が通過するような音が聞こえた。

レースカーテンで覆われた窓の向こうに大きな影が動いたように見えた。

判然としないが、吉井は身体がこわばるのを感じた。アドレナリンが身体を駆けめぐっている。

すると勝手口のガラス戸に人の顔があるように見えた。こちらをのぞきこむような姿勢だ。

吉井は身じろぎもできなかった。鍵はかけてあるはずだ。

だが人影のようなものは音もなく消えた。

恐怖を覚えながらも、吉井は立ち上がるとキッチンに向かって歩き出した。足が他人のもののように感じる。こわばっていてぎこちない。

キッチンの勝手口のドアの鍵をそっと解除して手をかけた。金属製の扉だが、建て付けが悪いらしくて開け閉めがスムーズにいかない。

息を整えると、吉井はドアを押し開けた。

林を騒がせていた風が室内に吹きこんでくる。冷たい。一気に身体が冷えていく。開けたドアの隙間から、夜の林を見渡した。人影は見当たらない。湖面が風で音を立てているのがわかった。

風の音以外にはなにも聞こえない。

安心して吉井はドアを閉めた。

突然、ガラスが割れる大きな音が響いた。二階だ、と吉井は思った。秋子の叫ぶ声が聞こえる。

吉井は走り出した。

寝室に吉井が飛びこむと、ベッドの上で秋子が怯えている。

窓ガラスが割られていて、ベッドサイドに大きな金属の塊のようなものがあった。これを投げこんだのだろう。

「秋子、大丈夫？」

怪我はないように見える。ベッドに上がると、秋子は吉井にすがりついてくる。

「どうしよう。どうしよう……」

抱き寄せながら秋子の様子をもう一度見る。やはり怪我はないようだ。

金属の塊を見る。

「なんだ、これ」

得体の知れない金属だった。秋子ものぞいたが、わからないようだ。

「良ちゃん、怖い」と秋子がしがみつくのを抱きしめてから、ベッドを下りた。

「ちょっと見てくる」

「ここにいて」と秋子は激しく首を振る。

「大丈夫、すぐ戻る。秋子は出るなよ」

吉井はそう言い置いて、階下に取って返した。

玄関まで駆け下りると、車のエンジン音がして、急発進するタイヤの音も聞こえてくる。玄関ドアを開けて、外に飛び出したが、車は走り去ってしまった。

乗っている人物も人数もわからなかった。ナンバーも判別できない。あっと言う間に小さくなっていく車の後部のテールライトが見えた。ナンバーも判別できない。ひとつだけわかったことは、ナンバープレートが黄色だったことだ。軽自動車だ。

玄関の鍵をしっかりとしめていると、人の気配がした。パジャマ姿の秋子だった。怯えて両手を胸の前で組み合わせて震えている。

「もう誰もいない。イタズラだよ」

吉井はトーンを上げて努めて明るい調子で秋子をなだめようとした。

「東京に帰ろう。戻ろうよ。私、もう嫌、こんな生活」

秋子はパニック寸前のように見えた。だが吉井は秋子の言葉にいらついていた。まだ越してきてわずかなのだ。「もう嫌、こんな生活」と言ってしまう秋子の浅はかさに腹を立てそうになった。敷金礼金、引っ越し料金、新たに購入した食器や調理器具、家電の数々……。こんなことでその〝投資〟を捨ててしまえ、というのか。

だが秋子の怯えた蒼白（そうはく）の顔を見ると、吉井は怒る気にならなかった。

「明日、警察に行ってくる。それでたぶん心配ない」

そう言って吉井は秋子を抱きしめた。こわばっていた秋子の身体から少し力が抜けた。

手がかりとなるのは投げこまれた金属の塊だった。翌朝、スクーターの荷台に金属塊をくくりつけると、麓の村にある警察署を訪れた。

受付らしき場所で事情を説明すると、二階にある刑事一課に行け、と言われて吉井は重い金属塊を手にして、二階の刑事一課のカウンターで北条（ほうじょう）と名乗った制服の警官に同じ事情を説明した。

「怪我はなかったんですね」と念を押された。

「ええ」

北条はカウンターの上に載せられた金属塊をちらりと見た。

「これが投げこまれた？」

「ええ」

「たぶん、自動車の部品だね。ということはやったのは、整備工場かガソリンスタンドの若いヤツらか」

なにも調べずにいきなり決めつけてしまった北条の言葉に吉井は戸惑いを感じていた。それにかまわずに北条は続ける。

「いるんですよ、そういうワルが。特に東京から来た人に対しては、複雑な感情を持ってるから」

「じゃあ、犯人はすぐに捕まるんですね？」

「それは吉井さんが被害届を出せば」

「もちろん出します」

「そうですか」と北条は微笑した。その日に吉井はなにか嫌なものを感じていた。

「じゃ、吉井さん、こちらへ」

北条に言われて、吉井はカウンターの中にあるテーブルに向かった。北条はテーブルの上に届け出の用紙とボールペンを置いた。

「まず、この用紙に必要事項を書きこんでください」

言われるままに用紙にボールペンで記入していく。

その様子を北条は立ったままじっと見ている。

「ところで吉井さん」

顔を上げないまま「はい」と吉井は答えた。

「転売屋なんだって？」

「はい」と吉井はやはり記入を続けている。

「変な物品、扱ってないよね？」と北条の声が一段低くなっていた。

「え」と吉井は顔を上げて北条の顔を見やる。

北条は無表情になっていた。人当たりの良さそうな人物に見えたが、その目は冷たく冴(さ)えていた。

「宅配業者から情報入ってんだよ。お宅に届けた荷物が、偽ブランド品かもしれないって」

商標法違反や詐欺は刑事二課の担当と聞いていたから、刑事一課の北条には関係ないだろう、と吉井は思っていた。

「どういうことですか？」

吉井の問いかけに北条は薄く笑った。

「今度、一度、それ持ってきてよ」と北条はテーブルの反対側の椅子に座って身を乗り出してくる。

「こっちから家宅捜索とかしたくないし」

北条はにやりと笑った。

「ニセモノなんて扱っていません」

するど北条の目が探るように鋭くなる。吉井は思わず身体を硬くした。

「調べればわかるから」と北条の声がさらに凄味を帯びていた。

しかし、ニセモノだと認識せずに売ってしまえば〝故意〟が成立せずに逮捕されることはない、と村岡に聞かされていたし、自分でも調べていた。

「もう売っちゃいました」

北条はゆっくりとテーブルに肘をついた。

「そうなの。ひとつぐらい残ってないの?」

言葉はフランクだったが、恐ろしいような圧力を吉井は感じていた。

頭の中を様々な情報が駆けめぐった。だが結局たどりついたのは長居は無用ということだった。

「探してみます」と言いながら、吉井は席を立った。

被害届の用紙にはまだ名前も書いていなかった。

北条は冷たい目で吉井があわてて帰っていくのを見つめていた。

スクーターまで戻ると、そこで吉井はネットの情報を検索していた。やはり商標法違反や詐欺で重要なのは〝故意〟であることを匂わせるよう言葉――「ニセモノかも」「本物じゃないかも」と警官に言ってしまうだけでニセモノと認識しつつ販売したとして逮捕される可能性があるとのことだった。つまり長居は無用という吉井の判断は正しかった。

そして証拠を残さないことが全てだった。売りさばいてしまえば、訴えられてもニセモノとは知らなかったと言い張ることで、罪には問われない。

だが現物を目の前にして「こんな安っぽい飾り、本物じゃねぇだろ」と警官に問いただされたら冷静に対応できるとは思えなかった。北条のようなあまり迫力のあると は思えない警官に少し圧をかけられただけで、吉井は危うく失敗をしてしまいそうになったのだ。

早く帰って商品をすべてサバいてしまおう。幸い三個は一〇万円で売れているのだ。あとは投げ売りしても、元は取れるはずだ。

「佐野くん、そこのバッグ、全部梱包してくれる？」

吉井は帰宅するなり、佐野に命じた。

「はい。全部ですか？」

「全部だ。全部売る」

吉井はパソコンに向かって、フリマサイトを修正していく。

佐野は即座に動き出した。段ボール箱はそのまま使うのだが、バッグを不織布の袋に入れて梱包材で充填するのだ。

「いい値段で売れるんですか？」

「とにかく売る」

説明している時間が惜しい、と吉井はバッグの値段を書き替える。

一〇万円を一万円に引き下げた。

そこに秋子がやってきた。

「良ちゃん、どうだった？　警察」

「うん」と曖昧に返事をして、一万円に変更した画面を見つめている。だが一気に十分の一にまで下げたものの、ひとつも売れない。昼の売れどきであるが、まったく反応がない。

「犯人見つかりそう？　すぐに逮捕してくれるかな？　窓も直さなきゃいけないし。私、どうしたらいいだろう。ねぇ、どうしたらいいと思う？」

問いかけ続ける秋子に吉井はいらついて「ちょっと後にしてくれ」ときつい口調で言い放ってしまった。

秋子は驚いた顔で吉井をにらんだが、キーボードの操作に夢中で吉井は気づいていていない。秋子は不機嫌な顔になって顔を背けると、二階に上がっていってしまった。

吉井はキーボードの操作を止めた。しばらくうつむいたままなにかを考えている。

やがて猛烈な勢いでキーボードを操作した。一万円だった価格を一九八〇円に変更したのだ。

これでは残りが完売したとしても、利益はでない。だがなんとしても一刻も早く手放したかった。

「ふう」と息を吐いて、パソコンの前から離れると、ダイニングテーブルに腰かけてモニターを見守る。少し離れた場所からモニターを見ることが成功するためのジンクスになりつつあった。

そのモニターを佐野が眺めてちょっと驚いた顔をした。

「いいんですか、こんな値段で」

「うん……」と吉井は返事をしてから考える顔になった。

佐野は黙って待っている。

「佐野くんさあ、車、借りてこれないかな?」

「借りれますよ。なにに使うんですか?」

吉井は佐野が梱包していたバッグの入った段ボール箱を指した。

「その段ボールを全部積む」

「わかりました。でも、商品の発送って宅配業者に任せるんじゃないんですか?」

「いや、東京の業者まで俺が運ぶ。ここの業者は信用できない」

佐野は不思議そうな顔をしたが、吉井はそれに気づくこともなくスマホを手にして部屋を出た。

翌日には一九八〇円のフランス製高級バッグは完売した。ニセモノであることは明白だったが商品のクォリティを見れば破格であることは、転売屋にはわかったはずだ。吉井は転売屋たちが飛びつくことを見越してこの値段にしたのだ。

佐野が借りてきてくれたのは黄色いワゴン車だった。あまり大きく見えないが荷室が広い。すべてのバッグを一度で東京まで運べそうだ。

ガソリンを満タンにして返却することを佐野に約束して、すべての段ボール箱を積みこむと、吉井は東京に向けて出発した。

東京の宅配業者の営業所を検索すると、一番近い場所は高速道路の終点でもある練馬近辺にあった。だが練馬まで行くのならば少し足を伸ばせば、これまで顔なじみになっている営業所がある。なによりその営業所では一度も警察に通報されるようなことはなかった。バッグをあわてて売りさばいたことが発覚したら、本格的に警察が動き出す可能性が高まることを吉井は恐れた。

朝から飲まず食わずで準備をして群馬から運転してきた吉井は、東京に到着してようやく空腹を覚えた。群馬県警の警官である北条の冷たい視線からようやく逃れたような気分になっていたのだ。高速を走りながら何度もミラーで後方を確認していたのはパトカーの追尾を恐れていたからだ。だがそれらしき車は一台も見当たらなかった。

かなり遅めの昼食をファミリーレストランでとってから、営業所に到着したころにはすっかり日が暮れていた。

馴染み(なじ)のある営業所に段ボール箱を持ちこんだが、顔見知りの職員ではなかった。とはいえスムーズに配送の手続きは終えられた。

荷室が空になったワゴン車に戻ると、吉井は盛大に大きなため息をついた。

どうにか逃げきれた。

だが、明日からの〝商売〟はどうするべきだろうか？　と吉井は思って慄然とした。もう地元の宅配業者は信用できない。違う業者を選択するには、今のフリマサイトとの契約を見直さなくてはならず、配送料が割高になる可能性があった。そもそも通報することがドライバーの個性によるものだとしたら……。もしかすると地域的な特性で〝怪しい荷物〟を通報して……。

吉井は自分が恐慌状態にあることを感じて小さく首を振った。

いったい本当にドライバーが「客がニセモノを販売している」などと警察に通報するだろうか。彼らは恐ろしいほどに忙しいはずだ。食事をとれないこともある、と聞いたことがあった。そんな忙しさの中で梱包された客の荷物をこっそり開けて内容を盗み見ることもできないだろう。したところで彼らはなにか得るものがあるとも思えない……。

もし万が一、転売の商品を手にして吉井を逆恨みしている人物がいたとしたら、宅配業者を装って警察に通報することはあり得るのではないか。匿名での通報で警察は動くことはない、と吉井は村岡に聞いたことがあった。もしそうだとすると、あの北条という警官は、匿名の通報を受けて〝探りを入れる〟ために、吉井にカマをかけたのだろうか。北条の圧力に怖じ気づいて、吉井はおろおろとして逃げ帰ってしまった。いや、そんなことはない。もしあのまま器物損壊の被害届けを出していたら、現場検証という形で警官たちが、家を訪れた際に、仕入れた商品を暴いて……。

それは避けられた。商品もすでに手元にはない。いくらか昔の売れ残りの偽ブランド品があるが、それはいずれ処分すればいい。だが警察は吉井を〝グレー〟な存在としてマークするようになるのではないか。これからの新たな商売を監視されるかもしれない。

どうやって商売を続ければいいのか……。

「吉井？」

懊悩を抱えながら、ワゴン車の扉を開けた吉井に呼びかける声が聞こえた。

くたびれたジャージの上にこれまた薄汚れたコートを羽織り、その足下はサンダル履きだった。

「村岡さん！　ご無沙汰してます」

風体は変わってしまったが村岡は昔と変わらぬ調子で話しかけてきた。

「どこに行ってたんだよ、お前。全然、連絡とれねぇじゃねぇか。アパートにもいないし、ずいぶん探したよ」

転居する際に吉井は〝面倒〟と感じていたものをすべて〝清算〟するつもりでいた。だから村岡に連絡はしなかった。

「すいません」と吉井は一応取り繕っておく。揉めるのは面倒だ。

「あ、ねえ、引っ越したんならさ、新しい住所教えてよ」と村岡はスマホをコートのポケットから取り出して、続ける。

「ちょっ、携帯も変えたんだろ。ねぇ、番号は？」

だが吉井は沈黙することで、拒んだ。

村岡の目が一瞬怒りのためか鋭くなったが、すぐに自分のプライドを守るためだろう。小さく声をたてて笑った。

「ま、いいや」と村岡は取り出したスマホをコートに戻した。

手にしていた飲みかけの缶コーヒーをチビチビと飲みながら、村岡は駐車スペースの片隅にある喫煙所にあるベンチに腰かけた。

そのまま車に乗って走り去ってしまえば、もう二度と会うことはないだろう。

だが吉井は、これまで村岡に対して抱いていた屈託を解消したいと思ってしまった。

もう二度と交わることはないのだ。関係が壊れても一向にかまわない。

吉井はベンチで缶コーヒーをすする村岡の前に立った。

「お元気でしたか？」

村岡を軽侮する口調になった。

村岡が「え？」と吉井の態度に驚いて、睨み付けてくる。

それにかまわず、吉井は平板な調子で問いかけた。

「ここにいらっしゃるってことは、まだ続けてるんですよね、転売屋」

村岡はまた顔に微笑を浮かべている。余裕を見せようとしているのだ、と吉井も笑みを浮かべた。

「ああ。そっちもか」

村岡の切り返しに吉井は急に怒りが燃え上がるのを感じたが、平静を装って答える。

「俺ですか？　俺は今、いろいろ新しいことにチャレンジしてて、ひとりじゃとても手が回らない状態です」

吉井はそう言いながら、村岡の隣に座った。

村岡の顔から笑みが消えた。

吉井は目の隅で、村岡の様子を見てから明るい調子で続けた。

「どこかにいい助手っていないですかね？　あっ、そうだ。村岡さんみたいなベテランに参加してもらおうかな。そしたらすごく助かるなあ。そのうちこっちから連絡します。番号変わってないですよね」

悪意に満ちた吉井の言葉だった。村岡の顔には笑みは戻ってこなかった。青ざめた顔で村岡はボソリと告げた。

「吉井……お前、すっかり与太者になったな」

「与太者」が悪口であることは吉井にもわかった。不良、ならず者という意味か。だが村岡がどういう意味で言っているのかをはかりかねた。なじっているのか。それとも諭してでもいるつもりか。どちらにしても黙っている気分ではなかった。

「先輩の後を追いかけてるだけですよ」

吉井のさらなる悪意の言葉に村岡は青ざめたままで凍りついているようだったが、急に立ち上がった。殴りつけられる、と吉井は身構えたが、村岡は無表情のままで吉井を誘った。

「じゃあ、今からショップ並びに行くぞ。ついてこい」

それは〝今はいくらか儲けてるかもしれないが、いずれお前も俺のように転落するんだ〟という村岡流の捨て身の嫌味だったようだ。

吉井は反論できずに村岡の目を見つめるばかりだった。

村岡は乾いた笑い声をたてた。

「冗談だよ。ひとりで行くよ。じゃあな」

村岡は缶コーヒーの残りを口にすると、ごみ箱に投げ捨てて、去って行った。村岡が歩み去ったのは、村岡の家の方角ではなかった。

本当にショップで徹夜をして並ぶのか、それともあのマンションにいられなくなって転居したのか。それはわからなかった。いずれにしても村岡が困窮していることは間違いない。

黙って村岡を見送りながら、吉井は銀行に振りこまれた六〇〇〇万円を確認したときの興奮を何度も何度も頭の中で反芻して、嫌な気分から逃れようとしていた。

往路で二時間半かかったのだが、帰り道は二時間を切った。車の調子が良かったこともあったが、運転に集中することで、他のことを考えないようしていたのだった。だが自宅に到着すると同時にどっと嫌な気分が押し寄せてきた。暗澹たる気分だ。吉井は家の前で車のエンジンを停止して、重く感じる身体を引きずるようにして玄関ドアを押し開けた。すると、待ち構えていたように秋子が玄関に飛び出してきた。

「おかえり。佐野くんがね、夕べの犯人捕まえたの」

秋子は興奮状態だった。だが吉井には事態が理解できない。自動車の部品が投げこまれたことと、犯人は軽自動車に乗っていたことしか話していない。警官の北条がこともなげに犯人像を半ば特定したように、地元出身の佐野には犯人の特定が容易だったということだろうか。それだけ狭いコミュニティなのか……。

秋子にせき立てられて、吉井は玄関脇にあるユーティリティスペースに足を踏み入れた。

　そこには異様な光景があった。佐野が仁王立ちして、その足元には青年が仰向けで倒れている。倒れているというより寝そべっているように見えた。膝をたてて腹の上で手を組んでいるのだ。見たところ青年に外傷のようなものはない。

　吉井は佐野に尋ねた。

「佐野くん、それ誰？」

　佐野は顔に微笑を浮かべて答える。なんとも不思議な感じだった。

「あ、吉井さん、どうも。こいつ中学のときの後輩です。ちょっと問い詰めたらすぐ白状しました」

　すると青年がもぞもぞと動き出した。外傷はなかったが、どこかが痛むようで動きが不自然で緩慢に見える。

「東京から来て、うまくやってるみたいだから」と身体をゆっくりと回転させながら、芋虫のように這って吉井の足元にすがりつこうと手を伸ばしてくる。吉井は思わず後ずさりした。冗談などではないようだ。青年の声は明らかに怯えて震えている。いや、泣き出しそうだ。それとも今まで泣いていたのか……。

「だからなんか腹立って……どうもすみませんでした！」

　まるで絶叫するように謝罪の言葉を口にして、青年はなおも吉井の足に手を伸ばそうとする。またも吉井はその手から逃れた。

「本当に反省してんなら……」

佐野が聞いたことのないようなドスのきいた声を出した。

青年は悲鳴のような声を出しながら、部屋の隅にあるロッカーまでまた這いずって逃げた。ロッカーに身体を打ち当てて、大きな音がした。ここまで青年を怯えさせた佐野のことが、吉井にはわからなくなった。

「証拠見せろよ」

逃げようとした青年を佐野が追い詰める。

青年はまたも悲鳴をあげながら、チラリと佐野の表情をうかがうと「ひやあ」と悲鳴をあげて、立ち上がると脱兎のごとく玄関から外へと逃げ出した。

「ガキじゃん、単なる」と秋子は昨夜の恐怖がすっかり払拭されたようで、二階に上がってしまった。

青年が逃げていく姿を見ていたために、吉井は佐野が青年にどんな顔をしていたのか、を見ることはできなかった。だがひとつわかったことは、青年は狂言などで怯えたフリをしていたわけではないということだ。つまり青年にとって佐野は恐怖の対象なのだ。中学を卒業してから一〇年近く経つはずだ。いまだにあそこまで〝後輩〟を怯えさせる佐野は一体、この狭いコミュニティの中でどんな暮らしぶりをしているのかと吉井が考えていると、佐野が背後から声をかけてきた。

「もう二度とやらせませんから」

「ありがとう」

吉井の感謝の言葉はどこかぼんやりとしていた。なにが起こっているのか、吉井にははっきりとはわからなかった。

「あ」と佐野が気分を変えるような明るい声を出した。

「車、役に立ちました？」

「ん？　ああ」

まだ吉井はどこかでぼんやりしていた。

「いいんですよ、ずっと使っても」

にわかには佐野の言葉を呑みこめなかった。呑みこめないままに断ることもできず

「そうか。それは助かる」と言ってしまった。

「じゃ、俺も、これで」

佐野はさわやかな笑顔で一礼すると玄関から出て行った。

そんな佐野を吉井は狐につままれたような表情で茫然と見送った。

なにか歯車がかみ合っていない……。そうじゃない。自分が認知していないところで、なにか得体の知れないものがうごめいているのを吉井はどこかで感じていた。それがなんなのかわからない。ただ不穏だった。

4

積もる日もあると言われていたが、降るのは雨ばかりで、一二月の半ばを過ぎても雪は舞う程度だった。

だから車での移動に苦労することはなかった。とはいうものの車で出かける用事は秋子の買い物の送り迎えだった。仕事で宅配業者の営業所に出向くようなことはない。毎日のように目ぼしい〝商品〟を購入して宅配されていたが、それも途絶している。

最後に購入した商品はミシンだった。いまだに根強い人気があるという家庭用のミシンの記事を目にした吉井は、ミシンを検索してヒットすると比較検討して、高機能なもので最安値をつけているものをピックアップしていた。

警察で商標法違反を疑われて以来、吉井はブランド物に手を出していない。警察で目にした北条の冷たい疑念の視線が思い起こされて、ブランド関係一切を忌避するようになった。

そうなると電子治療器のような、マニアックながらも希求力の強い商品を狙うしかなかった。そこで目をつけたのが、高機能にして質実剛健な老舗(しにせ)メーカーのミシンだった。自宅で趣味としてミシンを使って裁縫をする人々のSNSでの発信は熱かった。そこにコメントする人々の返信にも猛烈な熱を吉井は感じた。

そしてミシンは高価だった。販売の絶対数は全盛期（花嫁の必需品とされた時代）に比べれば大きく数は減らしているが、その分、希求する人々の熱量は高くなっている、と吉井は見て取った。

だがどこを探しても安くない。倒産したメーカーのものが一時的に出回ったが、まとめて出品されることはなく、パラパラとフリマサイトなどに出品された程度だった。調べてみると、そのメーカーのミシンはほとんどが海外に輸出されていたのだ。海外の縫製工場での使用頻度の高いメーカーだったようだ。だが海外では新規の購入は少なく、故障した場合は現地の職人が修理することが多かったようだ。

だからメーカーの倒産を聞きつけた海外の縫製工場を経営する会社は、コネクションを駆使して、ミシンのみならず部品を大量に買い占めたようなのだ。

それを聞いてもなお、吉井は商機を見い出した。需要はある。海外の縫製工場に頼ることができないほどに国力が低下していく日本では、かつての家庭内工業——つまり内職として縫製を担っていた主婦たちに、再び縫製の仕事が与えられているようになっている、という記事を吉井は目にしたのだ。

ミシンはまたブームになる。潜在的な需要があるのだ。

定価が二五万円のミシンが新品ながら半額の一二万五〇〇〇円で売りに出されてい

た。だがそれはメーカーが提示した値段だった。

吉井は闇サイトにまで手を伸ばして探ってみた。ようやく見つけたのは一台、八万円だったが、未使用の〝新古品〟とのことだ。しかも二五台も在庫を保有していた。どうやらかつてミシンの専売だったショップの倉庫から出てきたデッドストックだったようだ。製造年月が一〇年前なのだ。値が張ることもあり写真だけでは信用できなかった。倉庫が九州にあるために訪れることもできずに、サンプルとしてひとつ送付してくれないか、と頼んだが断られた。その代わりに動画が送られてきたのだ。

見たところ梱包も段ボール箱も傷はない。色あせはあるが本体も梱包されていて問題はなかった。

二五台を一括で買い上げることで値引き交渉をしたが、断られた。しばらく粘ると「送料はこちらで持つってことでどう?」と提案されて吉井は呑んだ。

二〇〇〇万円の投資ということになる。だが即座に完売にならずとも、ロングセラーになる可能性があった。長期的に見ればそういう商品も必要だろう、と吉井は購入を決意した。

〝ハイパワーなのに静音　最高品質の本格ミシン　本日限りの大売出し!　一〇万円〟

ロングセラーを狙っているが、惹句では〝本日限り〟を謳った。動向を調べたところ、裁縫を愛好する人たちの消費行動は慎重なのだ。強い言葉が必要だと思った。そして、なにより今日、ひとつだけでも売りたかった。

寒さが少し緩んだような気がしていたが、それがミシンの売り上げに寄与するわけもない。ひとつも売れていなかった。

いつものジンクスで吉井は少し離れたダイニングテーブルから、画面をモニターしているが、ミシンを販売中の〝SELL〟という文字の赤い明滅が虚しい。もはやロングセラーも期待できない、とテーブルの上にあったチラシをクシャクシャに丸めてみたが、いっこうに気分は晴れない。ごみ箱にチラシを投げてみたが、入らずに床に転がった。それを拾う気力もない。

佐野はテーブルの隅でマンガ雑誌をつまらなそうに読んでいた。仕事がないのだ。ラックは綺麗すぎるほどに片づいている。収められているのは出荷用に綺麗に梱包したミシンだけだ。きっちり二五台が整然と並んでいる。

仕事がないから休んでくれ、と吉井は佐野に伝えたのだが、佐野は「仕事をしてないときは時給いりません。仕事した時間だけカウントしてくれればいいです」と言うのだ。冗談かと思ったが、毎日やってきては一日、マンガを読んだり、スマホをいじったりして時間を潰して帰っていく。そもそもワゴン車も佐野に借りっぱなしだ。それについても佐野はなにも言わない。吉井は盗難車ではないか、と疑っているが、買い出しや駅前での用事のためには必要で、返すわけにもいかないのだ。

なんとかしなきゃならない、と吉井は焦燥感でほとんど眠れていなかった。そんなときはひたすらにネットを巡回している。

そこでひとつ、引っかかったものがあった。かなり強引な手法になるし、これで失敗したら、破綻に一歩近づくことになる。静観した方がいい、と思いつつも気が急いた。決められないままにモニターを眺めていた。

いきなりキッチンで蒸気を噴き出すような高音が聞こえてきた。

「ヤダ」という秋子の腹立ち紛れの悲鳴のような声もする。

吉井はキッチンへと足を運んだ。キッチンのテーブルの上で、買ったばかりのエスプレッソマシンが蒸気を上げていた。異常な作動をしているようで、肝心のエスプレッソは一滴もカップに見当たらず、蒸気だけが噴き上がっている。

「このエスプレッソマシン、使い方わからない」

説明書を読まないで使ってるのか、と叱りつけたくなるのを堪えて、吉井はマシンの電源プラグを抜いた。

マシンが次第に静かになっていく。

秋子にねだられてネットで一番安いものを買って与えたのだ。使い方がわからないなら今まで通りにドリップで作ればいいだろ、とこれまた毒づきたくなるが、堪えた。ただ不機嫌な顔のまま、吉井は無言になった。それを見て取って秋子も不愉快そうな顔をして、キッチンを出て二階に向かった。

このマシンの片づけをしろよ、と秋子の背中に言いたくなったが、これも抑えた。

ここのところ、このパターンが多い。そう思いながらも以前のように秋子をフォローしようという気にならない。そんな余裕がないのだ。

吉井と秋子の喧嘩とは言えないような〝喧嘩〟にも慣れっこになっているようで、佐野は知らん顔をしてマンガを読み続けている。

「ちょっと東京に行ってくる。夜には帰る」

吉井が佐野に告げて玄関に向かうと「はい」と佐野が返事をするのが聞こえた。


吉井は高速道路に乗る前に、村の銀行のATMで一〇〇万円を引き出した。これが大きな賭けの元手になる。なんとしても取引を成功させなくてはならない。多少の無理は承知の上だ。なんとしても突破する。

ATMに備えつけの封筒に一〇〇万円を収めるとパンパンになった。大した迫力だ。頼もしい。

明細書をチラリと見て、忌ま忌ましそうに吉井はごみ箱に投げこんだ。

口座の残金は五万円ちょっとだ。振り出しに戻ってしまった。またも村岡の顔とくたびれたジャージとサンダル姿が目に浮かぶ。

いや、まだだ。まだ、俺には道が開かれている。

ギリギリまで迷っていたので、出かけるのが少し遅れてしまった。だが高速道路を走行する際には制限速度を超えずに安全運転に努めていた。盗難車かもしれないのだ。違反して警察に停められることはどうしても避けなければならない。もし、捕まったら……。知り合いに借りていると言おう。佐野の名前を出してもいい。盗難車であることなど知らなかった。〝右から左へ〟。誰かがババを引くだけだ。

目標は東京の下町にある模型店だった。五〇年以上も続く老舗の店ながら、経営が苦しいらしく、〝イベント〟と称して時折マニア向けのオリジナル商品を製造して販売しているのだ。その情報を聞きつけて調べてみると、これがかなりマニアの間で高値で取引されていることを吉井は知った。イベントは今やかなりの人々が知るようになり、古びた模型店を取り囲むようにしてマニアたちが並ぶという。

吉井は店の前を素通りして、客の様子を確認した。少なくとも三〇人以上のマニアが並んでいる。まだ店の開店時間まで一時間以上ある。完売は必至だろう。

吉井は車を店の裏手の路地に回して駐車した。狭い路地で車のすれ違いはできない。それでもマニアたちの目につかない場所はここしかない。クラクションを鳴らされたぐらいではどかすつもりはなかった。警察に通報されないことを神に祈るしかない。

車を降りると、店の裏口で、おそらく店主の住居もかねているであろう玄関のチャイムを押した。

模型店の店主は六十代の前半に見えた。猫背に分厚いメガネ、全身がねずみ色の服。

おそらく彼自身も模型のファンなのだろう。案内された店の奥にある作業部屋には木製の大きな机があって、そこに作りかけの戦車のプラモデルがあった。さらに木製の時代物の棚にも完成した戦車や戦闘機などのプラモデルがある。だが部屋の片隅に積まれているガンダムのプラモデルは箱のままで手をつけた形跡がない。さらに棚には何体か少女と武器をモチーフにしたフィギュアが置かれている。こちらはガラス製のドームの中に入れられている。ドームにはホコリひとつない。

吉井はそれをちらりと眺めてからおもむろに切り出した。

「ＪＫ刀、一体二万円ですべて譲っていただけませんか？」

店主は厚いメガネを下ろして、吉井の顔をジロリと見上げた。だがその目に厳しさはなかった。むしろ吉井に怯えているように見えた。

しばらく店主は黙っていた。要求は突きつけた。相手の反応を待つ。いずれにしても、こちらが商売であることは伝えない方がいい。

「う〜ん」と何度も唸ってから店主はボソボソと語り出した。

「これ、今回のイベントにあわせて特別に作らせた五〇体なんだよね」

調べてある。だから希少なのだ。机の上に店主が出してきた〝ＪＫ刀〟と名付けられたフィギュアはまったく素人の吉井が見ても精巧な造りだ。抜き身の刀を携えた女子高生の姿はマニアには魅力的に映るはずだ。店主の背後には〝ＪＫ刀〟が綺麗に並べられている。店主自身も一体はもう取り置いてあるはずだ。いや、あるいは試作品を何体も所有しているのかもしれない。高値がつくはずだ。だが、店主のようなタイプは決して手放さない。その理由は〝愛〟だ。とはいえ、人は日々の暮らしのために妥協する。

「ええ、価値はわかってるつもりです。だから一体二万円でお願いしてるんです」

メガネの奥で店主の〝愛〟が揺らぐのがわかった。

どうせ一万円で譲るのなら、二万円の方がいい。しかし……。

「う～ん、でも、もう販売の告知しちゃったからなあ」

店主は購入するために店の前に並んでいる客をガラス戸越しに見やった。良心が痛むのだろう。だが〝愛〟を刺激してみる。

「定価は一万円ですよね。正直言って、俺は安すぎると思います」

店主のメガネの奥の細い目が見開かれた。喜色が見えた。つかんだ！

「そう？　そうね。よくできてるのよ、これ」

しげしげとフィギュアを見てから目を細めて続ける。

「これ、原型師、林浩己（はやしひろき）だから」

マニア以外は知り得ない名を店主が口にした。吉井をマニアと認めたのだろう。がっちりと店主の心をつかんだ。もう一押しだ。

「ええ、俺もその価値はわかってます。だから全部欲しいんです」

倍の値段ですべてを所有したい。それは〝愛〟ゆえのことだ、と信じさせたい。もう一押しだ。

「そのためなら倍の値段をお支払いするのは当たり前だと思ってます」

店主はそれでも揺れているようだった。

「倍ねぇ……。う～ん」

金額の問題か、違う。〝愛〟だ。外で待っている連中を超える熱量だ。

「いいんですか、室田さん、価値のわからない、ただ収集するだけが目的のマニアの間に、このフィギュアがぐるぐる回るだけで。俺はそんなの嫌なんです。薄まっていくだけじゃないですか」

店主の目がチラリと吉井の顔を見やった。吉井はその目を精一杯の熱意をこめて見つめた。

「ん～」と店主は腕組みをして天を仰いだ。

「彼らは人の持ってないものを持ちたいだけなんです。押し入れの奥にしまいこんでしまいますよ。この子に対する愛情がない。それじゃ、この子たちがかわいそうです」

吉井はポケットから銀行の封筒に収めた一〇〇万円を取り出した。それを逡巡する店主に差し出した。

「ここに一〇〇万円あります。この子たちを全部、預からせてください」

店主は店の外に集まっている人々の話し声に気を取られているようだ。

「大丈夫。俺を信用して」

吉井は店主の目を見てうなずいてから、一〇〇万円を店主の手にそっと載せて両手でその手を包んだ。

店主は本来の開店時間の二〇分前に、建て付けの悪いサッシの扉をガタガタといわせながら開いた。

待ちくたびれていた客たちは「キタキタキタ！」など口々に興奮を表し、拍手を持って店主を出迎えた。

だが店主は店の前に並んでいた客たちから顔を背けたまま、扉に貼られていた〝JK刀〟のポスターの上に、紙切れを貼ってそそくさと店内に戻って、扉を閉ざした。

客たちは貼られた紙切れをのぞきこんだ。そこには〝完売いたしました〟と手書きの文字があった。客たちは驚きと怒りでどよめいた。

店の裏の路地では吉井が段ボールで梱包された〝JK刀〟をワゴン車の荷室に積んでいた。もちろん店主は手伝っていない。

店の表が騒がしくなったのを聞きつけて、吉井が積みこむスピードをあげた。もし買い占めがバレたら客たちになにをされるかわからない。

路地の脇を通っていくマニアたちと思われる男性たちが、荷物を積みこむ吉井をじろじろと見てくる。

顔を隠すように吉井はうつむき加減で積んでいく。

「新しいバイト？　あれ」

どうやら店の常連らしい男たちだ。まだ〝買い占め〟とは気づかれていないようだ。

しかし、発覚するのは時間の問題だろう。

詰めこみ終えると、ドアを静かに開閉してエンジンをかけた。

車を出して店の前に回した。店の前では客たちが怒鳴り声をあげている。店主の姿はどこにも見えない。

逃げ出したのだろう。これはきっとネットでも炎上する。

出品するのは時間を置いてからにした方が無難だ、と考えたが吉井は預金の残高に思いが至った。もう、そんな余力はなかった。帰ったらすぐに売りに出そう。多少の誹謗(ひぼう)中傷は覚悟の上だ。いや、炎上しているからこそ、〝商品〟に注目が集まり、売れるのだ。

吉井が関越自動車道に入った頃、吉井の家では佐野がまるで家の主のように、吉井のデスクトップパソコンを操作していた。一階の中央で堂々とパソコンを使っている。

そこに秋子が二階から下りてきた。もう昼になろうというのに、秋子は下着姿だった。キャミソールを上に着ているが、ブラジャーと素足が腿(もも)まで露出している。パソコンに向かっている佐野に足音が聞こえているはずだが、振り向こうとしない。

秋子は後ろから「良ちゃんは？」と尋ねた。佐野はパソコンを操作する手を止めず、秋子に向き直ることもしなかった。

「あ、東京です。商品の仕入れに」

秋子はゆっくりとパソコンデスクに近づくと、デスクに手をついて佐野をのぞきこむがやはり佐野は画面を見たままだ。

「いいの？　勝手にいじって」と秋子が画面を眺めながら尋ねる。

「え？　はい」

佐野ははじめて秋子に視線を移した。秋子が下着姿であることに気づいたが、すぐに目を画面に戻す。

「良ちゃんに言いつけよ」

秋子は冗談めかして告げたが、佐野は動揺してもいないし、秋子の言葉に反応もしない。

秋子はつまらなそうにダイニングテーブルの椅子に腰かけると、テーブルに置いてあった乳液のボトルを手にした。

佐野はやはり画面を見ている。

その横顔を見ながら、秋子は乳液を手にとって、脚を上げると乳液をたっぷりと塗っていく。脚の根元までたっぷりと。

佐野の視界に入っているはずだった。だが佐野はまったく反応しない。

「佐野くん、なに考えてるの？」

「別になにも」とそっけなく答える。

秋子はしばらく黙っていたが、その顔から浮かべていた微笑が消えた。

「なにが狙い？」

秋子は探るように佐野の横顔を見つめる。

「別に」と佐野はやはりまともに取りあわない。

秋子の顔に怒りがあった。急に立ち上がると、パソコンデスクに手を突いて、佐野をにらみつける。

「私に手を出さないのね。良ちゃんの命令？」

佐野は秋子を一瞥もしない。呆れたようにため息まじりに答える。

「俺の勝手です」

「そう」と秋子は顔をしかめながら、ダイニングテーブルの化粧品を取り上げると、階段を上がっていった。

佐野はその後ろ姿をようやく目で追ったが、秋子が振りかえることはなかった。佐野は何事もなかったかのように、パソコンに向き直った。

二階から何度か重いものを動かすような音が聞こえてきた。佐野はマウスを手にしたまま、モニターから目を離して、聞き耳を立てている。

なにかを引きずるような音が聞こえてきた。やはり重そうだ。

佐野は席を立って、足音を立てながら、二階へと上がっていく。

寝室のドアは開け放たれていた。正面には佐野がありあわせのプラスティックの板で補修した割れた窓ガラスがあった。かなり時間をかけて補修したので、何度か風雨の強い日があったが、びくともしていない。それを確認していると、背後で物音がした。

振りかえると、外出着を身につけた秋子が大きなスーツケースをクローゼットから持ち出してきて、ベッドの上に載せた。

どうやらスーツケースを取り出そうとして音を立てていたようだ。

「秋子さん、出て行くんですか？　吉井さんにはなんて伝えればいいでしょう？」

吉井に「秋子は？」と尋ねられて「さあ、知りません」と答えるわけにはいかなかった。

すると秋子は顔を思いきり歪めて「クッソつまんなかったって」と言い放った。

佐野は戸惑って「あ〜、えっと……」と言葉に詰まった。

それを楽しそうに見ていた秋子は笑った。

「嘘よ。お世話になりました。楽しかったで〜すって、言っといて」

秋子はさばさばした様子で広げたスーツケースに服や化粧道具などを詰めていく。

秋子はタクシーを呼んで佐野に挨拶をすることもなく、去って行った。

佐野は秋子が放り出していった段ボール箱を二つ畳んで、裏口のごみ置き場に捨てにいった。

すると背後で自動車のエンジンの音が聞こえた。かなりの大排気量のエンジンらしく地響きのようだった。

見ると黒塗りの高級外国車のベンツだった。セダンタイプでおとなしそうな外見だが、サイドガラスにスモークフィルムが貼ってあって、車内の様子はわからない。

家の裏手にある道は、ほぼ私道のようなもので、一般車が紛れこんでくることはほとんどない。

だが車は道路で停車している。

道に迷っているようにも見えた。

佐野が近づくとセダンは逃げるように、動き出した。だが少し移動しただけでまた停車する。

佐野は鋭い顔つきになっていた。セダンを見つめながらなおも間を詰めた。

するとセダンは加速して走り去っていく。

佐野はセダンを見つめたまま立ち尽くしていた。

佐野は家でひとり、パソコンに向かっている。ずっと調べ続けているのは吉井のことだ。いや、正確に言えば〝ラーテル〟というハンドルネームを使って転売を続けている人物だ。

佐野はついに見つけた。掲示板サイトに〝ラーテル〟の名を冠したスレッドを。

かなりの数の投稿がある。投稿しているのはいずれも匿名だ。むき出しの憎悪がそこには溢れている。掲示板サイトによくあることだが、〝真実〟はほぼない。イタズラ半分で書きこんでいる人がほとんどだろう。

だが、その中には〝真実〟が隠れていることもある。

『転売カス、まだ転売してんのか、コイツ』

『ブランドの財布、がっつりニセモノ……』

『完全に騙された。色々調べてるところ。この悪質出品者には気をつけてください』

驚くべき数の呪詛のような言葉がラーテルに向かって吐き出されている。

佐野はじっくりと一つずつ読みこんでいく。

『ラーテル消えろ』

『僕も騙されました。メールか番号知ってる人いる？』

『俺の同級生もやってるって噂あった』

『ここに晒そうと思ったら、すでにさらされてた』

【求】ラーテルの居場所』

『メール特定』

『本名を知りたい』

佐野は飽かずにスレッドの立ち上げ時から順を追って見ている。

投稿は騙された怒りから、次第にラーテルの実名や住所などの個人情報を探る方向に動いていく。

吉井が家に到着したのは陽が傾いて空が赤くなった頃だった。

運転しながら新たな〝商品〟について考えれば考えるほどに、売れないわけがない、と思えた。炎上、独占、五〇体限定、原型師林浩己、店の前に群れるマニア、その背後にいる無数のパソコンを前にしたマニアたち……。

そしてなにより吉井はほぼ無意識のうちに新しい商売に手をつけたのだ。これまでは定価よりいかにして安く手に入れて転売し、利ざやを得るか、ということばかりに注力してきた。だが定価の倍の値段で買いつけて、それをより高額で売ろうとしているのだ。発想の転換と言ってもいい。資金力がなければできない商売と言えるかもしれない。だが、同時にそれは大きなリスクを孕んでいる。売れなければ、大きな赤字になる。今回、大きな勝負に出る最後のチャンスだった。最後の一〇〇万円が大金になるか否か……。

吉井は興奮していた。玄関を開けると、普段は決して出さないような大きな声で呼びかけた。

「佐野くん！　ちょっと手伝って」

「はい」と佐野の声が答える。

吉井はワゴン車のバックドアを開けた。そこにぎっしりと〝ＪＫ刀〟のフィギュアが積まれている。これが新たなビジネスのはじまりだ。

「なんですか、これ？」

駆けつけた佐野が、段ボール箱の山を見て興奮しているように吉井には見えた。

吉井は早速、荷室から箱を降ろしながら答える。

「フィギュアだよ。マニア向けの人形、全部買い占めた。あとは値上がりを待つ」

炎上が燃え盛るほどに人々の注目が集まり、過熱していく。値上がりするのはそう遠くない未来だ。来月の佐野へのアルバイト代を笑顔で渡せるだろう。

吉井は降ろした箱を大事そうにひとつ抱えて、倉庫へと運んでいく。

佐野も吉井に続いて、箱をひとつだけ運んでいく。


ガランとしていた倉庫のラックに五〇体のフィギュアを収めた段ボール箱が並べられた。久しぶりの充実感だった。

ラックを眺めながら、吉井は息をついた。

佐野はその脇で早速、段ボール箱の個数の確認と整理番号を割り振っていく。

それを見て、吉井は「頼む」と言い置いて、二階へと上がって行った。

すぐに吉井は下りてきて、佐野に「秋子は？」と尋ねた。

「出て行きました」

吉井は言葉を失っていた。朝のエスプレッソマシンを巡るいざこざが原因だろうか、と思ったが、すぐにそれと似たような悶着が絶えなかったことを思い出す。傷つけるつもりもなかった。嫌いになったりもしていない。だが、心に余裕がなかった。秋子を気づかうことができなかった。だが出て行ってしまうとは……。

「伝言があるんですけど、伝えた方がいいですか？」

佐野の言葉に吉井は何気ない風を装ってうなずいた。

「ああ」

「〝お世話になりました。楽しかったです〟」

怒りでも嫌悪でもない。別れを惜しむ言葉でもない。別れる理由でもない。どこにも秋子の心が見えない言葉だった。

吉井はキッチンとダイニングをつなぐカウンターを見やった。料理しているところを佐野に見られたくない、と仕切ったはずのカーテンがだらしなく開いたままになっている。その奥にあるキッチンは、入居したばかりのピカピカの状態が嘘のようだった。流しには使った食器類が洗われずに残されている。調理スペースには食材がそのまま放置されていた。そしてエスプレッソマシンも朝のままだ。朝もこんなに乱雑だったろうか。

いや……。窓際に飾っていた観葉植物の小さな鉢が枯れていた。村岡の家にあった観葉植物と同じ末路をたどっていたのだ。わずかな時間で。これはつまり秋子の心の荒廃の象徴で……。

不吉な光景から吉井は目をそらした。いっしょに秋子からも目をそらすことにした。

「まあ、そのうち戻ってくる。あいつは他に行くところなんかない」

吉井はぼんやりとした状態でパソコンを立ち上げて、操作をはじめたが、顔をしかめて首をひねった。なにかがおかしい。立ち上げてからの挙動がいつもと違っているのだ。

吉井は倉庫でフィギュアに整理番号を振っている佐野を見やった。

佐野は背を向けたままだ。

「佐野くん、俺のパソコン、触った？」

佐野は動かず返事もせず固まっている。

「触ったよね。なんで？」

すると佐野が吉井を見ながら向かってきた。

「値上がりしそうな商品、リストアップしておきました」

「え？」

佐野はダイニングテーブルの上にあったメモ帳を吉井に見せる。そこにはなにか細かな文字が書かれていた。

「やりますよ、吉井さんのサポート」

吉井は怒りで顔が熱くなるのを感じて、感情を抑えて話そうとした。

「これは君の仕事じゃないだろう」

「俺にもやり方、教えてください。きっと役に立つんで」

佐野が言っていることが理解できなかった。「役に立つ」？　佐野の未来のためにか？　それとも俺の仕事に「役立てる」ってことか？　どちらも吉井が佐野に求める〝仕事〟ではない。

「きみはなにを言ってるの？」

「最近、売り上げが落ちてること、俺も気になってました。吉井さんの助手として、やれることはなんでもやる、そう決めたんです」

売り上げが落ちていることを指摘された。しかも「落ちている」なんてもんじゃない。〝皆無〟なのだ。それをわかっていて気づかわれたのだ。もう怒りをとどめようがなかった。

「もういい。わかった」

吉井はデスクの引き出しから紙封筒を取り出した。たしか二万円が入っている。現金での買い取りのために手元に置いていたものだ。だが三〇万円用意していたものが二万円になっている。仕事のために使ったのではない。買い物に行く秋子に渡していたのだ。

その紙封筒を佐野に突き出した。

「退職金だ」

佐野は無言で手を伸ばさない。

「信頼関係が崩れた」

そう言いながら封筒を押しつけた。

「ああ」と佐野が封筒を受け取った。その瞬間にワゴン車のことが頭をよぎったが、無視することにした。必要なら自分で乗って帰るだろう。鍵は玄関に置いてある。

すると佐野は意外にも微笑した。

「じゃあ、行きます。なにかあったら連絡してください」

まるでちょっと買い物にでも出かけるような気軽さで玄関に向かった。

歩く音、玄関で靴を履く音。だがそこから玄関の扉を開ける音がしない。

吉井は様子をうかがうために、玄関に向かった。

すると佐野が靴を履いたままで、こちらに笑顔を向けていた。待っていたのだろうか。

「吉井さん、ラーテルについて検索したことありますか?」

唐突な言葉だった。

「いや」

「いろんな人が探ってるみたいですよ、ラーテルの正体を」

転売の世界には〝ラーテル〟などより有名なハンドルネームを持った人物が大勢いる。村岡もそのひとりだった。今では細々と転売界の片隅にいるが。

だが転売屋に限らず、ネット上で注目を浴びた人物が大した理由もなく、いきなり標的となってすべてを晒し上げられて、丸裸にされた挙げ句に、ネット上だけではなく、リアルな住居や車、本人のみならず家族までもが攻撃対象となって、精神を病んで消えていく。そんな噂を聞いたことがある。恐ろしかった。

「それじゃあ」と佐野は一礼して玄関を出て行った。

今夜から俺はひとりなんだな、と佐野の姿が消えると恐ろしいほどの孤独感が襲ってきた。

5

トレンチコートを羽織って、その下にはダークスーツをまとったサラリーマン風の男が、インターネットカフェのトイレで若い男に馬乗りになっていた。若い男は仰向けに倒れているだけだ。

若い男の名は三宅達也だった。まだ二六歳だが、それより幼く見えた。彼はこのインターネットカフェの住人だ。

サラリーマン風の男は、三宅の上に馬乗りになっているだけでなく、その顔面を拳で激しく殴りつけている。だが三宅は顔をかばうわけでもなく殴られるままになっている。しかし、気絶しているわけではなく「フギー」などとアニメキャラのような悲鳴を上げている。

なおも容赦なく殴りつけながらサラリーマン風の男は、まるで殴る合いの手のように三宅に言葉をぶつける。

「ニセモノ、だったんだよ、全部。お前が、卸したバッグ」

殴られながら、ついに堪えきれなくなったようで顔を手で覆って弁明する。

「すいません。俺も全然知らなかったんです」

簡単に三宅の手をはねのけると、男は再び殴る。

「すいません、で済む話、じゃねぇだろ」

男はひとつ吐息をついて立ち上がった。右手には拳を守るためのグローブを装着していた。それを外してポケットにしまうと洗面台で血にまみれた手を洗う。

「借金、あと三〇万な」

そう言い置いて男はビジネスバッグを持ってトイレを出て行く。

三宅は返事をすることもできなかった。口の中に溜まった血でしゃべれなかったのだ。小便の便器に血を吐き出すと、カチリと便器に抜け落ちた歯が当たって音を立てた。

ひどく膨れ上がって血まみれの三宅は、ノロノロと起き上がり洗面台で顔を洗うこともせずに外に出た。

インターネットカフェのブースの間にある通路をよろよろと壁に手をついて進んでいく。他の客たちは三宅から目を背けて、逃げ出した。

三宅が〝部屋〟にしている個室に入る。その瞬間に三宅は怒りを爆発させた。

自分のバックパックや洋服などを慎重に避け、パソコンなど高価な備品にも気を配りながら、プラスティックのごみ箱やデスクの脚を蹴り飛ばしてわめく。

「最悪！　破滅だよ、どうすんだよ」

部屋の様子から、三宅がこの部屋に住み着いていることがぼんやりとわかる。ベッド代わりのゲーミングチェアにべったりと張りつくように敷かれているバスタオルは垢じみている。デスクの上にはカップラーメンの空容器がいくつも積み上げられている。カフェ側の掃除も拒絶しているのだろう。

ひとしきり暴れると、急に落ち着きを取り戻したのか、パソコンに向かってキーボードをカタカタと打ちこんでは、たどり着いたサイトをチェックしている。

やがて三宅は、とあるサイトをじっくりと読みはじめた。

それは佐野がみつけたのと同じ掲示板サイトだった。

スレッドの名前は〝悪質転売屋ラーテル　晒しスレ〟だ。

さらにそこから〝ラーテル潰したいヤツ集合〟というサイトにも飛んでみる。

そこからさらにいわゆるダークウェブが現れた。通常の検索エンジンでは決してヒットすることのないサイトであり、通常のCHROMEなどの閲覧ウェブブラウザーでも読みこむことができない。特殊なブラウザーが必要となるが、三宅は易々と閲覧することに成功していた。

ウェブのタイトルは〝ラーテルに関する問題点『ラーテルに復讐を』〟とある。三宅は何やらぶつぶつつぶやきながら、ダークウェブを見ていく。

そこには吉井を隠し撮りしたと思われる町中でのスナップショットが晒されている。

写真の下には『復讐したいです。協力者募集中』の書きこみがあった。

『殺す』『死ね』のオンパレードだが、これはあまり意味がない落書きのようにしか見えない。時折『大切な品を奪い取られた。復讐したい』と切実な書きこみが見受けられる。

三宅は殴られてひどい顔のままで、笑った。もう痛みも感じていない。

ウェブには憎悪と復讐のどす黒い欲望が渦巻いており、そこに三宅は吸いこまれていく。

「コイツころ～す」と独特の抑揚で三宅は決意をひとりで口にした。

三宅はかつて吉井もやっていたネット巡回をして目ぼしい商品を探す仕事をしていた。いい商品を探し当てると、報酬が得られる。それが生活の糧だった。

つまり、三宅を殴っていたサラリーマン風の男は、村岡のポジションにいる。彼は実際にサラリーマンだが、副業として転売をしているのだ。

三宅は一九八〇円で〝ラーテル〟が出品したバッグの情報だけを男に伝えれば良かった。だが目の前で次々と売れていくバッグを見て賭けに出た。売れ残っていた一一点のバッグをすべて購入してしまったのだ。そして、それを一点、二万円で男に売りさばいた。男も当然ニセモノだと知っていたはずで、実際に四万円でフリマサイトに売りに出していた。いくつかは売れて赤字にはならなかったはずだ。ところが男はニセモノをつかませたと難癖をつけて、二二万円を弁償することを迫って（殴られた）、その上違約金と迷惑料として、さらに二八万円を要求してきたのだ。断ることなどできなかったし（殴られる）、逃亡することもできなかった（逃げる場所などない）。今日、なけなしの二〇万円を男に渡してしまったからだ（それでもひどく殴られた）。このままではインターネットカフェの代金も払えずに追い出されるだろうし、きっと男に見つかって死ぬほどに殴られるはずだ。それで死んでしまえばいいが、きっと体中ぼこぼこにされたまま、無一文でさまようことになる。

つまり三宅は「破滅」なのだ。

三宅はダークウェブに『みなさん本気ですか？』と投稿した。投稿された数と比較すればほんのわずかであったが、即座に食いついた人々がいた。そして即座に〝計画〟が練られた。

集合場所に指定されたのは群馬県の山間部にあるドライブインだった。

三宅は昨夜のうちに東京を出発していた。三宅はどこへでも自転車で向かう。いわゆるママチャリで、ギアもない。それでも自転車はただひたすらに漕いでいれば、海や川が邪魔しない限り、たどり着けないところはない。そしてどれだけ乗ってもタダだった。

夜が明けたころには、群馬県に入れた。だがそこからドライブインまでの道のりはずっと上り坂だったために、三時間も自転車を押して歩かねばならなかった。

それでも約束の午前八時より二〇分前に到着した。

たどりついたのは、昭和の匂いを感じるドライブインだった。古めかしい自動販売機がズラリと並び、ドライブインの中にはアーケードゲームが並んでいた。インベーダーゲームだ。

足を踏み入れた三宅は、それらしき人物を探してみたが、こちらの視線を受け止めてくれる人はいなかった。もっとも三宅の顔には殴られたアザが顔中にあり、挙動不審でオドオドと周囲を見渡す様子は、不審人物にしか見えないだろう。

そんな彼の前に近づいてきた人物がいた。五〇歳前後に見える男性だ。服装も風体も〝普通〟であり、外見的な特徴も希薄だ。三宅の異様さとは対照的だった。

彼はダークウェブの常連で矢部と名乗っているが、それが本名なのか仮名なのかはわからない。

三宅はおずおずと矢部を見上げたが、その態度と裏腹にうさん臭いものを眺めるような視線は不躾だった。

「どうも」と矢部は平然と三宅の視線を受け止めた。

「はじめまして」と三宅は視線をそらしながらも応える。

「はじめまして」と矢部は一礼する。少々高音だが声音に異常なものは感じさせない。

矢部は三宅の隣のアーケードゲームに並んで腰かけた。

「ラーテルの本名がわかりました」

「あっ、はい」

「吉井良介。これからは吉井と呼ぶことにします」

有無を言わさぬ断定的な口調に三宅は即座にうなずいた。

「吉井ですか。了解です」

矢部は背筋を伸ばしてまっすぐに前を向いたままで、三宅を見ようともしない。

三宅は矢部に少し身体を傾けておもねるような声で問いかけた。

「あの、よろしければ、あなたのお名前を」

矢部はやはり前を見たままで答えた。

「この先、お互い、なにも知らない方が好都合ですよ」

とりつく島がないほどの断言だ。

「なるほど」と三宅はひとりでうなずいていたが「あ」と声をたてた。

「顔も隠しておいた方がいいっすか？」

「それはご自由に」

突然、矢部が振りかえってドライブインの駐車場に目を向けた。

三宅も矢部の視線をたどった。

駐車場に黒の高級セダンが入ってきた。駐車スペースを探しているようだ。

「たぶん、あれは仲間の車ですね」

矢部は無表情に黒いセダンを指さしている。

黒いセダンはスモークガラスで車内の様子はうかがえない。

「あれが……」

「乗っているのが誰かはわかりません」

「リーダーですか？」

「そんなのいませんよ。みんな好きで集まっているだけですから」

ネット上で個人が特定されて、まったく無関係の人々によって容赦なく攻撃される
事案は枚挙に暇（いとま）がない。

「そういうことですね」

三宅はひきつったような笑みを顔に貼りつけている。顔面を覆う傷やアザの復讐だと気づかれたくなかった。あくまでも興味本位で参加しているだけで、復讐だとバレなければ吉井が殺されたとしても関係を追うこともできないだろう。

三宅は着ていたパーカーのフードを深くかぶって顔をなるべく隠すようにした。

「はじめてですか、こういうの？」

矢部がなぜか楽しげに笑顔で尋ねてきた。

「いや……。ああ、まあ」と逡巡したが誤魔化せずに肯定した。

すると矢部の笑みがさらに大きくなった。ようやく三宅は理解した。矢部は興奮しているのだ。これからはじまる惨劇に。

「僕は二回目ですが、なんとかなるものです。ぱっとはじまって、ぱっと終わる。ちょっとしたストレス解消かな。相手なんか誰だっていいんですからね。恨みとか復讐とか、そういうのを真剣に考えてたら損しますよ。一種のゲームです。せいぜい楽しみましょう！」

最後は大声になった。ドライブインのまばらな客が全員、矢部を見ているがまったく動じない。それどころか三宅に向かって両手で拳をつくってガッツポーズを送ってくる。満面の笑みで。

三宅は「はい」と答えながら、やはりひきつったままの顔にどうにか笑みを浮かべた。

ターゲットにされている、と佐野から指摘を受けた吉井は仕事に没頭することで、すべてから逃れようとしていた。

〝JK刀〟のフィギュアを様々な角度から撮影していく。フィギュアにまったく関心がない吉井だったが、写真を撮りながら、その不思議な魅力の一端がわかるような気がしていた。次第にフィギュアが個性を持っているような気がしてきたのだ。

それは〝愛〟なのか、それともひとりきりの寂しさを紛らせようとしているのか、吉井は分析することを拒否して撮影に没入していく。

普段より写真を多く撮りすぎていたが、選択に苦労はしなかった。どの角度も魅力的に見えた。つまり……。

迷っていたフィギュアの価格を吉井はその瞬間に決定した。

惹句も同時に決まった。

〝激レア商品！　店頭では即完売　『JK刀』限定発売品　1／8スケールフィギュア〟

価格は二〇万円をつけた。それが〝愛〟の値段だ。

すぐに出品した。

〝SELL〟の文字が早速明滅する。動きはない。だが時間はまだ午前九時だ。昼休憩にはまだ時間がある。焦らないことだ。少し落ち着こう、と冷蔵庫に向かおうとした。いつものようにミネラルウォーターを飲みながら、少し離れたダイニングテーブルでモニターを見ようと思ったのだ。だが、ミネラルウォーターの買い置きが尽きていたことを思い出した。貧すれば鈍する。なにもかもが滞っていく。なんとかこの一発でここから解放されたい。

そうなれば元の暮らしが戻ってくる。秋子もきっと戻ってくるはずだ。

吉井は小さく笑みを浮かべると、キッチンに足を踏み入れた。まだ秋子が散らかしたままの状態だった。買ったばかりのエスプレッソマシンでコーヒーをいれようと思ったのだ。取り扱い説明書を読めばちゃんといれられるはずだ。

しばらく説明書を探したがどこにも見つからない。そもそもマシンが入っていた箱さえ見当たらない。秋子に電話をして訊きたい、と思ったが、このイライラした状態で電話をすれば険悪になるのは間違いない。そもそも秋子は電話に出ないだろう。それくらいには怒っているはずだ。火に油を注ぐ必要はない。

エスプレッソマシンを観察してみた。コーヒーの粉を入れる場所、その締めつけ、水の入れ場所と容量、シンプルな構造で失敗するとも思えない。

吉井は難なくマシンをセットして、スイッチを入れるとダイニングに戻って、椅子に腰掛けて遠くからモニター画面を見やった。

変化があった。〝ＳＥＬＬ〟が〝ＷＡＮＴ〟に変化したのだ。やがて〝ＳＯＬＤ

OUT〟が表示された。一体売れた。

この価格、この惹句で間違いなかった。時刻は最良のときを迎える。ここから一気に買い手が動きはじめる。

全身に鳥肌が立つような興奮を覚えていた。一〇〇〇万円も夢ではない。

そのとき、キッチンの奥でバタンと派手な音がした。

吉井は身体を硬くして、音に耳を澄ませた。キッチンの裏口のドアだろう。だが今日は風は強くないはずだ。侵入者の足音などは聞こえない。秋子だろうか、と吉井は想像した。

キッチンに移動してみる。

裏口のドアのロックが外れて、半開きになっていた。

床を見るが、土足で侵入したような形跡はない。車の部品を投げこんだ佐野の後輩が、佐野がクビになったことを知って、またなにか嫌がらせをはじめたのか。

吉井は、裏口のドアを開けると、外の様子をうかがった。

やはり誰もいない。

吉井はドアを閉めて、ロックをかけようとした。だがロックがかからない。前からドアの調子が悪かったが、ついに壊れてしまったのかもしれない。

このまま施錠せずにおくのは、不安だった。倉庫から針金を持ってきて、ドアノブと壁のフックに巻き付けてペンチで固く締めつけた。これで裏口の出入りはできなくなってしまうが、仕方がない。不動産屋の担当に電話をして修理を頼もう、と思っていると手にしていたペンチが滑り落ちてしまった。

拾って顔を上げると、裏口ドアのすりガラスの向こうに異様な姿をした人の顔があった。

驚愕のあまり身体を震わせるだけで、吉井は声も立てられなかった。

ガラスの向こうの人物は、目の前に吉井がいることに気づいていないようで、ガラス越しに室内の様子をうかがっている。

吉井は少し冷静さを取り戻しつつあった。少なくとも〝怪物〟ではない。なにかマスクのようなものをかぶった人間が中の様子を探っているのだ。しかもそのマスクは手作りでずた袋を頭からかぶっているような粗雑なものに見える。彼が何者かまったくわからなかったが、その粗雑さが人間の〝質〟を物語っているように思えたのだ。

〝粗くて雑な人間〟だ、と。

すぐにそのマスクの人間はあきらめたらしく、ドアの前から立ち去った。

室内に照明を灯していなかったのが幸いした。

佐野の言葉が蘇る。

「いろんな人が探ってるみたいですよ、ラーテルの正体を」

すべてがそこにつながっているような気がした。ネズミ、ワイヤー、自動車部品の投げこみ、そしてバスの中の黒い男……。あの黒い男が群馬のこの家を特定したのか？　ネズミの死骸を階段に置いた人物は〝ラーテル〟を吉井だと特定した上で、住所や仕事まで調べ上げていたのか。そこから徐々にエスカレートしていった。まったく気づかないうちに、常に尾行されていたのだろうか。転売の世界の片隅にいるちっぽけな男を、そんな労力をかけて尾行するなど……。

吉井は〝ネット民〟の恐ろしさを知っていた。そこに動機などない。あったとしても普通は気にもしないことだ。ヤツらにとってきっかけなどなんでもいいのだ。おそらくは暇つぶしだ。検索して〝答え〟を見つけることに耽溺(たんでき)する。

だとしたら、あのマスクの男も案外簡単に消えてくれるかもしれない。

だが、どうやって……。

とにかく迅速に動くことだ。幸いこっちにはワゴン車がある。向こうが気づかないうちにここを出てしまえばいい。だが〝ＪＫ刀〟をどうする？

考えながら吉井は、ダイニングに移動して、テーブルの上に置かれたスマホを手にとった。

やはりワゴン車でとにかくここから移動しよう。そのまま警察署に駆けこんでもいい。いや、売れ残りのニセモノのブランド財布などがいくつかある。できれば警察には通報したくない。

だが警官を伴って帰宅すれば彼も逃げ出すだろう。そのわずかな時間で彼ひとりの力でフィギュアを奪うことなど不可能だ。ひとり？　本当にひとりなのか？

吉井の視界に大きな靴が飛びこんできた。土足で家の中に。

吉井が顔を上げると、目の前に猟銃を構えた男が立っていた。筒先を吉井に据えている。

吉井はその男を見て思わず「嘘でしょ」と声を上げた。

「滝本さん」

猟銃で隠れて表情まではわからなかったが、猟銃で吉井に狙いをつけている男はクリーニング工場の社長の滝本だった。

「ずいぶん、探したよ」

滝本は笑ったように見えたが、定かではない。ただその声は愉快そうだった。

吉井は悪ふざけであることを願った。

「これ、どういうことですか？」

「どういうこと？　ちょっとは自分で考えろ」

吉井は考えてみた。滝本の慰留を断って仕事をやめたことだろうか？　それとも管理職になることを断ったことか？

いずれにしても、こんな場所までやってきて、猟銃で脅すようなことではない。

「なにも思いつきません」

「相変わらずだな、その態度。人の心を虫けらのように踏みにじる」

反論はしない方がいい。疑念を口にすることも滝本を刺激することになるだろう。

じゃあ、どうする？

するとと滝本は構えていた猟銃を下ろした。もう逃げられないと踏んだのだろう。滝本の口ぶりからするに、冗談ではない。冗談どころか、ここにとどまっていれば、恐ろしい仕打ちを受けることは間違いない。

銃を構えて撃つまでにどれくらいの時間がかかる？

答えが出ないままに、吉井は走り出した。キッチンに向けて。

だがそれが大きな間違いであることに気づいたのはすぐだった。キッチンの裏口のドアは自らが針金で巻いていた。押しても引いてもびくともしない。

滝本は再び猟銃を構えて、素早くキッチンまで動いて、吉井を追い詰めてくる。

「ハハハ、おかしいですよ。あり得ないですよ」

吉井は大きな笑い声を立てて、緊迫した状況を和ませようとしたが、吉井の顔を見ながら間を詰めてくる滝本の顔には、これまで見たこともないような険しさがあった。

「滝本さん、なにか大きな勘違いをしてます。俺はあなたになんの恨みもありませんし、どちらかと言うと感謝してるぐらいです。工場をやめたのは完全に俺の都合です。他にちょっといい仕事が見つかった。それだけです。これまで滝本さんに、迷惑をかけたことなんてないでしょう？　これからだって迷惑をかけるつもりはありません。信じてください」

滝本は目の前で立ったまま静かに告げた。

「いや、きみはあのとき、居留守を使った」

「え、ああ、でも、そんなどうでもいいことで、どうしてこうなるんですか」

滝本の顔から険しさが消えた。その代わりに大きな落胆を感じさせる嘆息が漏れた。

「きみのその鈍感さ、耐えがたいよ」

滝本にとってなにが耐えがたいのか、吉井にはまるで理解できなかった。だが逃げる余地ができたことはわかっていた。銃から逃れようとキッチンを横に横にと少しずつ移動しているうちに、吉井の方が玄関に近い位置にいた。そして、滝本は猟銃を下げている。

吉井は身をかがめると、逃げ出した。

滝本が追ってくる気配はない。

玄関が見えた。

だが、玄関のガラス扉の向こうにマスクの男の姿が見えた。手にはバールを持っていて、ガラス扉を押し開けて入ってくる。

後ろには滝本、前にはマスク男。逃げるとしたら倉庫だ。だがそこには出入り口どころか窓さえない。

「お前はまったく自覚してないのか？」とマスク男がくぐもった声で尋ねてきた。

「誰ですか、あなたは？」

「会ったこともない人間だよ。ラーテルの周りにどんどん湧きあがってる。同じような人間が、空の雲みたいに」

　それは恐ろしい言葉だった。ネットの世界で〝ネット民〟たちが〝獲物〟を求めて湧いてくる。それがまるで積乱雲のように急速に発達していく。その姿が、吉井の頭の中にイメージされた。それは正にネット世界に存在する〝クラウド〟そのものだ。そして目の前にいる見ず知らずのマスク男は、そのクラウドから産まれた雷の権化だ。じりじりと背後から滝本が近づいてくるのが感じられた。マスク男もバールを固く握りなおしてにじり寄ってくる。

　時間を稼ぎたい。吉井は後ずさりしながら、やがて倉庫に向けて走り出した。そこになにか対抗できるような棒のようなものがなかったか、と……。

　すぐに吉井は滝本とマスク男に行く手をふさがれて、逃げ場を失ってしまった。バールや猟銃に対抗できるようなものは倉庫には見当たらなかった。

〝JK刀〟が化粧箱に入ったままラックに並べられているのが目に入った。目立ちすぎる。ここで殴り倒されてしまったとしたら、盗まれてしまう……。

「待ってください。こんなことをしたら身の破滅ですよ。滝本さん、あなたならわかりますよね。ここまでだったら、僕は警察に通報したりしません。止めるなら今です。この人にもちゃんとそれを説明してやってください」

　吉井の説得に滝本は静かに答えた。

「遅いな、もう。吉井くん」

滝本は再び銃口を吉井に向けた。

本当に撃つ気だ、と吉井は直感した。滝本の目が死んでいた。そこになんの感情も宿っていないように見える。こんな人間の顔を見たことがない。

するとどこかで聞き覚えのある音がした。けたたましい音だ。だが電子音などではない。人が日常的に切迫したものだ、と感じてしまう音。

「なんだ？」と滝本がマスク男に問いかけている。

「他に誰かいるのか」とマスク男は音が発生していると思われるキッチンの方に向かって歩き出した。バールを用心深く両手で胸の前に構えて。

滝本も猟銃を構えたままキッチンに向かった。

吉井は息を詰めて二人の動きを見ていた。司令官と部下という関係でないのは明らかだった。二人してキッチンに向かって行ってしまう。

ぎりぎりまで待って、足音を忍ばせながらも素早く動いて玄関へと向かった。

玄関にたどり着けた。

吉井は音を立てないようにドアを押し開いて外に出た。

するとキッチンから銃声が連続して聞こえた。きっと音を立てているエスプレッソマシンを腹立ち紛れに撃ったのだろう。あのエスプレッソマシンは破格に安かったがそれ以上の仕事をしてくれた。

さらにガタンバタンと暴れている音が聞こえてきた。吉井はパソコン本体とフィギュアが無事であることを祈りつつ、家の裏手へと逃げ、林の中を走り抜けた。家の周囲を散策もしなかったから、助けを呼べるような場所があるかもわからない。不動産屋の話によれば、周囲五キロには人が住む民家はない、とのことだった。スマホはいつのまにか紛失していた。家のどこかに落としてきたのだろう。だが家には戻れない。

道路沿いを走れば、車と遭遇するかもしれない。助けを求めることができる。もしかしたら乗せてもらえるかもしれない。

道路まで来ると、なんと一台の大型のバンが走ってきた。アメリカ製らしくかなりの大きさだ。そしてそのバンは吉井が道路に飛び出すと同時に唸り声のようなエンジン音を立てて加速しだした。

これもクラウドの一員なのか、と身を翻して吉井は林の中に戻って駆けた。バンは急ブレーキをかけて停車したようだった。

バンから降りてきたのは三人の男だった。ひとりはドライブインにいた矢部だ。次は三〇歳くらいの穏やかな顔をした青年だった。彼の名は井上(いのうえ)だ。彼も本名か仮名かは明らかにしていない。そして最後にバンから降りてきたのは、イオン電子治療器を吉井に売った工場主の殿山だった。

そこに滝本とマスク男が合流した。

「君たちは車を向こうに回してくれ」

殿山たちに滝本が命じると、やってきた三人はバンに乗りこむ。

滝本とマスク男は顔を見合わせて、林の中へと足を踏み入れた。


不良品のエスプレッソマシンで稼いだ時間はそれほど多くはなかった。

林の中を縫うように走る吉井の背後で銃声が聞こえた。しかも銃弾が木を切り裂くのを目の前で見てしまった。

吉井にはおぼろげながら猟銃に関する知識があった。滝本が持っていた猟銃は散弾銃だった。散弾とはその名の通り、発射されると小さな鉄の弾が放射状に発射されるのだ。一発の弾の威力は普通の銃弾より落ちるが、正確に狙えなくてもたくさん発射される鉄の弾が、獲物を捉える確率が高い。

威力が弱いとはいえ、木を裂くほどの力があるのだ。弾が身体に当たれば致命傷になることもあるだろう。

しかも、後ろから追ってくる滝本の散弾は、確実に吉井のいる方向に飛んでくる。

吉井は全力で駆けながらも、頭をかばうように手で覆いながら走った。

さらに一発。今度は耳元を弾がかすめるような風きり音がした。吉井は首をすくめる。殺す気なのだ。居留守の代償が死……。

「フガー！」

背後でマスク男らしき声が聞こえた。ふざけているとしか思えない雄叫びだった。

この状況を楽しんで興奮している。

吉井は無我夢中で走るしかなかった。

吉井は身を隠す場所をようやく見つけた。窪地があったのだ。だが浅かった。寝ころがることで、ようやく滝本たちの視線から逃れられる程度の深さしかない。迷う余地はなかった。そこに飛びこんで息をひそめる。

二人が走る足音だけが聞こえる。こちらに向かって来るようで恐怖に駆られて、顔を出してのぞいた。

滝本もマスク男も立ち止まっていた。二人は周囲を見回している。見失ったのだ。

吉井は頭を下げて、足音に耳をそばだてた。

長い時間に感じられたが、実際はほんの数十秒だっただろう。二人が遠ざかる足音が聞こえた。そこから足音が聞こえなくなるまで待った。

異様に時間が長く感じられる。

吉井はその間に少し落ち着いて考えることができた。

今、一番安全な場所はどこか？

それは家だ。いや、家に駐車しているワゴン車だ。それで駅前まで逃げる。それが最良の策だ。

もし時間が許せばパソコンとフィギュアを全部積載したい。

吉井は足音を忍ばせて家に向かった。


林の中を走りながら、吉井は方向がわからなくなっていた。右も左も同じような木ばかりで、方向感覚が正常に働かない。

そんなときは立ち止まるべきなのだが、吉井はそんなことを考えられなくなっていた。だがまったくの偶然だったが、自動車のタイヤが踏み固めたような道を見つけた。

このあたりは鳥獣保護区ではない。可猟区なのだ、と佐野が言っていたのを思い出した。実際に時折遠くで発砲音が聞こえたりしたし、屋根になにかがバラバラと落ちる音がしたので、吉井は地元民の佐野に尋ねたのだ。すると佐野は屋根に落ちるのは獲物に当たらなかった散弾だ、と当たり前のように言って笑ったのだ。

きっとその道は猟師たちが車で移動するために自然発生的にできた道なのだろう。この道を行けば猟師たちに出会えるかもしれない。彼らは銃を持っているはずだ。そして、彼らはクラウドたちとはなんの関係もない〝まともな人たち〟だ。

背後で車の走行音がした。吉井が振りかえると、白いバンだ。

バンは吉井の姿を見つけると同時に急加速する。エンジンの唸るような音が林の中に響きわたる。

吉井は走った。もう方角などかまっている場合ではなかった。走った。ひたすらに走り続けた。

するといきなり視界が開けた。

そこには掘っ建て小屋のようなものがあった。近づいてみると、それはかつて民家だったようだ。廃屋だが、朽ちている様子は見られない。

サッシ戸があってそれを引くと開いた。

一間だけの板張りの部屋だったが、ストーブが中央にあって、その周囲に椅子が数脚置かれている。人が出入りしているようだ。

正面にかつて玄関だったと思われる木製のドアがあった。ドアを押し引きしてみたが、施錠されていて動かない。

それでも安全とは言えなかった。後ろには施錠できないサッシ戸があるだけなのだ。だが身を隠すことはできた。

車の走行音が近づいてくる。隠れた場所は同時に大きな目印でもあった。

車は廃屋の前で停まった。アイドリングするエンジン音が低く地面を揺り動かすように響く。アメリカ製のバンだろう。

行ってしまえ。どこかに行け！

願いも虚しく車のアイドリング音が途絶えて、ドアが開閉する音がした。続いて人が降り立って歩く音、さらに彼らが手にしているのであろう金属の棒などが地面を叩く音が聞こえてきた。

するとと玄関に近づく足音がして、ドアがノックされた。息を止めることしか吉井はできなかった。

「こん中か」と声が聞こえた。滝本の声だった。連絡を取りあって合流したのだろう。

「たぶん」と答えた声に聞き覚えはなかった。

吉井はサッシ戸まで後ずさりした。玄関ドアは施錠されているが、木製の薄いドアは蹴り飛ばせば簡単に破壊できそうだ。

ドアになにかがぶつけられた。見るとドア板に突き刺さっているものがあった。斧(おの)だ。刃渡りは三〇㎝近くある。二度、三度と斧が打ちつけられると板が一枚抜け落ちて薄暗かった室内に光が射しこんだ。同時に斧でドアを破壊した男の顔がそこから顔をちらりとのぞかせた。

吉井はまるで知らない若い男の顔だった。

サッシ戸に背中を押しつけたまま吉井は生きた心地がしなかった。

「誰か来た」

中年の男性のひそめた声が聞こえた。耳を澄ますとラジオかなにかの音が聞こえてきた。

「あんたら、なにやってんだ」と外で声がした。やはりラジオらしく聞き覚えのあるコマーシャルの音楽が流れている。

ドアの裂け目から中をのぞこうとしていた若い男の顔が消えた。

「その小屋は猟友会の持ち物だ。ちゃんと許可取ったのか？」

猟師だ。吉井はそっと息をついた。だが身動きできなかった。外の状況を耳だけで探る。相変わらずラジオから呑気(のんき)な音楽が流れている。猟師ならば熊除けのラジオなのだろう。

「なにかヤバイことやってんな」と猟師の声がした。

おそらくクラウドたちが猟銃や斧を手にしているのを目にして猟師は不穏な雰囲気を感じ取ったのだろう。さらにマスク男を見ればその異常さは際立つ。

「中に獲物が逃げこんだんですよ」と滝本の声だ。滝本は猟銃を手にしているはずだ。

「獲物？　熊か」と猟師が騙されかけている。

「ええ」と滝本が答えた。

「本当か？　今、仲間に確認取るから」

吉井は落ちた板の隙間から外を見やった。かすかに滝本と猟師らしき派手なベストを着た男性の姿が見えた。

猟師はスマホを耳に当てている。

すると滝本が猟銃を猟師に向けた。猟師は「え？」と非常識な行為に不快そうに顔をしかめて、突きつけられた銃身を事も無げに手で払った。

だが滝本はもう一度銃身を猟師に突きつけた。

猟師は叱りつけようと口を開きかけた。それと同時に滝本は猟銃を猟師の腹に向けて発砲した。

猟師は吹き飛んで、地面に転がってまったく動かない。

吉井は殺人を目撃してしまった。身体が震えている。次は俺の番だ、という言葉が頭を駆けめぐる。

「死んでる」とマスク男の声が聞こえてきた。

「成り行きだ。仕方ない」と滝本だ。

「もう後には退けなくなりましたね」と少し楽しそうな声がした。

「え〜。死体はどうする？」

「とにかく車まで運びましょう」

クラウドたちはいずれもまるで雑談でもしているように平板な口調だった。

吉井は壁の裂け目に顔を近づけて、外の様子をうかがった。クラウドたちは五人だ。滝本以外の四人が猟師の手足を持って車へと運んでいく。滝本も一緒に車まで移動していった。

今だ。今しかない。

「せ〜の」という掛け声が聞こえてきた。車に猟師の死体を積みこんでいるのだろう。

吉井はサッシ戸を静かに開くと、外に飛び出した。

6

吉井はどうにか家の方向を見つけることができた。偶然ではあったが高台に上がることができて、湖の位置を把握したのだ。

クラウドたちは車に死体を積みこむのに手こずって、吉井が逃げ出したことにまったく気づかないようだった。

家に向かって走りながらも何度も背後が気になったが、追ってくるクラウドたちの姿はなかった。

家に向かいながら、吉井は考えていた。家には武器になるようなものはない。強いて挙げればワゴン車だが、銃を持っている相手には勝ち目がないように思えた。

戦う、という気持ちは吉井から次第に抜けていった。

逃げるんだ。とにかく逃げる。

家に到着すると人影があった。家の脇にあるスチール製の物置の中をあさっている。

その後ろ姿。その赤いコート。

「秋子?」

秋子はビクリとして振り向いた。直後に吉井であることに気づいて、駆けよってきて抱きついた。

「良ちゃん！」

吉井は秋子を抱きとめた。

「もうやだ」と秋子は吉井の胸の中でつぶやいた。

「どうしてここに？」

「良ちゃんこそどうしたのよ。家の中は荒らされてるし、周りを探してもどこにもいないし、私本当に心配したのよ。大丈夫？　怪我ない？」

「ああ、俺は大丈夫。それより商品が心配だ」

吉井は秋子を抱いていた腕を放して、家の中に向かった。秋子も後を追う。

キッチンからダイニング、そしてパソコンデスクの上には破壊されたものが散乱していた。

だが幸いなことに奥の倉庫のラックに並べられたフィギュアは、まったく手つかずで佐野が整頓したままの状態で並んでいた。

パソコンは本体をマスク男が手にしていたバールで殴りつけられたようで、床に落ちていて起動していなかった。モニターは無事だったが〝信号がありません〟という文字が瞬いているばかりだ。

もう一度、倉庫に戻って個数を確認する。間違いなくフィギュアは五〇個揃っていた。別のラックに収められた売れ残ったミシンはこの際、持ち出すことは諦めることにする。ワゴン車には積みきれない。

「無事だ。良かった。すぐ運び出すから手伝って」

吉井がキッチンを見ていた秋子に声をかけると「うん」と秋子は応じる。

吉井は床のパソコンを拾いあげて、点検している。

キッチンから出てきた秋子が吉井にスマホを差し出した。

「キッチンに落ちてた。良ちゃんの携帯」

吉井はスマホを手にした。電源がＯＦＦになっている。壊れているのか……。

「生きてるの？　それ」

秋子が吉井のスマホを指さした。

「わからない」と答えてスマホをポケットに押しこんだ。

電源を入れて確かめるのがためらわれた。クラウドたちはスマホのＧＰＳをモニターしているかもしれない、と思ったのだ。

「秋子、携帯貸してくれ」

秋子は応じずに質問してきた。

「なにがあったの？」

「おかしな連中が不法侵入してきた。警察を呼ぶ」

「おかしな連中って？」

「知らない。勝手に人生を失敗したヤツらだ。俺は関係ない」

「ふ〜ん」

吉井は手を出して催促した。

「秋子、携帯」

「でも、もし警察が来たら、見られたくない物とかもあるんでしょう？」

吉井は「クソッ、そうか」と舌打ちして倉庫に向かった。売れ残りは倉庫の片隅に〝ブランド残〟と書かれた段ボール箱に収められている。持ち上げようとしたが、かなりの重量だ。

「それを始末して、大切なものはちゃんと回収して、またどっかで新しい家、探せばいいじゃない、ね？」

秋子は笑いながら小首をかしげた。

吉井は秋子の笑顔を見て、心が和んだ。

そうだ。このフィギュアを売って回収する一〇〇〇万円で、誰にも知られない土地で、二人でやり直すんだ。そうやって転々として稼ぎながらクラウドたちとは無縁の人生を生きる。

吉井は通報することをあきらめて、破壊されたパソコン本体を分解していた。バールで殴られて、躯体は壊れていたが、なぎ払うようにして殴ったようで、パソコンの内部はそれほどひどい損傷は受けていなかった。あのマスク男の仕業だろう。最小限の力でパソコンに致命的な損傷を与えられるほど構造を詳しくは知らないようだ。

吉井はパソコンの中からハードディスクを取り出した。無傷だった。ここにすべてのデータが保存されている。最新の商品情報もSAVEしてあるはずだ。

「なんとかなるか、これがあれば」

そう独りごちると、秋子が「カード類は？」と声をかけてきた。

たしかにそうだった。吉井は倉庫に向かった。秋子もその後をついていく。

吉井は倉庫のラックの柱の裏に鍵を隠していた。隠すというほどではない。ちょっと通りすぎただけでは気づかないところにぶら下げてあるだけだ。これは机の引き出しなどに隠すよりも有効に人の目を欺ける、と吉井は思っていた。

吉井は倉庫の隅にある小型の金庫を鍵で開けた。中にはクレジットカードが数枚、さらに預金通帳と印鑑が収められている。

吉井はカードをすべて手にして、ズボンのポケットに収めた。

その様子を秋子が心配そうに見守っている。

「しばらくはホテル住まいだ。物置からスーツケースを出してくる。持っていけそうなものは、まとめておいて」

「わかった」と秋子はなぜか楽しげに笑った。

家の脇にある物置にしまってあった吉井のスーツケースには、引っ越しの際に詰めこんだ無用のものが溢れていた。それをすべて取り出して、物置の中に放りこむ。必要なものはフィギュアと金庫の中身にハードディスク、そして秋子だけだ、と心の中でつぶやいて、おかしくて笑ってしまいそうになる。

吉井は中身をすべて出したスーツケースを手にして家に戻ろうとしたが、ギクリと身を硬くした。男がにやにやと笑って立っている。

「村岡さん？」

さらに驚いたことに、村岡は手に拳銃を持っていた。

「これ全部村岡さんが？　そういうことだったんですか？」

村岡はただ笑っている。虚ろな笑みがどこか滝本に似ていた。

「吉井、お前もう終わりだ。勝負あったな」

クラウドのリーダーが村岡だったのか。村岡が焚きつけて男たちをクラウドにしたのか。まさか……。滝本と面識などなかったはずだ。

猟師小屋でクラウドたちの人数を確認したときは五人だったはずだ。村岡の姿はなかった。ひとりでここまでやってきたのか。

いや、なにかの偶然だ。この家の場所をどこかで調べて、村岡はひとりで遊びにきた……。

だが村岡は笑いながら、拳銃の安全装置を解除した。銃が重い金属音を立てる。モデルガンではないようだ。

「本物ですか？　それ」

吉井はカマをかけた。村岡は嘘をつくのが上手ではない。少なくとも表情に出てしまう。ゲームには向かないタイプだ。

するとと村岡は笑顔のまま、拳銃を構えて吉井の顔に狙いをつけた。

本物だ。吉井は後悔していた。ゲームに弱いのは自分かもしれない。

村岡は狙いをつけると人差し指を引き金にかけた。だが発砲する寸前に狙いを外した。吉井の脇にあった物置に弾が当たって火花が飛び散る。

「いつまでも勝ち続けられると思うなよ。これは今までお前が犯してきたすべての罪の報いだ」

「勝ち続ける」？　村岡は妄想している。村岡は自分が失敗していくにつれて、この世に存在しない「勝ち続ける吉井」を創造してしまったのだろう。そして、その裏で吉井が悪事を犯していると妄想をふくらませたのか。俺は悪事などしたことはない。なのに……。

「そんなに、俺が……」

吉井の言葉を村岡がさえぎった。

「大嫌いだった。最初に会ったときから」

吉井が尋ねようとしたこととは違う答えが返ってきた。だがそれが回答になった。〝大嫌い〟それがすべてなのだ、と吉井は思った。そして殺す……。

車が走ってくる音が聞こえた。

黒いセダンだった。そのとき吉井は思い出した。その黒いセダンは滝本が自慢にしていた高級外車のベンツなのだ、ということを。

滝本とマスク男がセダンから降り立った。

マスク男は後部席からガスボンベと酸素マスクのようなものを取り出した。

さらに湖畔から殿山が歩いてきた。その手には金属性の棒を握っている。

「私のことを覚えてるな？」

殿山が薄笑いを浮かべながら、吉井を見つめる。

「いえ」と吉井は首を振った。

「イオン電子治療器だよ」

吉井は本当に思いだせなかった。「ええ、と……」と震える声で時間を稼ごうと思ったが、殿山はずんずんと近づいてくる。手にしている棒が届くほどの距離だった。

殿山の目がすがめられた。怒りをたたえた瞳がギラリと光った。

「そうか。まあいい。そのうち思い出す。私は忘れてないから。絶対忘れない。忘れるもんか」

言い募る殿山の瞳が怒りで燃えたぎっている。

だが殿山は襲いかかってこなかった。

滝本がすっと動いて吉井の背後に回った。吉井が反応するより前に、はがい締めにする。そこに村岡と殿山が加わって吉井を押さえこんだ。マスク男がやってきて酸素マスクのようなものを吉井の口と鼻をふさぐようにあてがった。ボンベが開かれて甘い香りのガスがマスクの中に充満した。

吉井は身をよじったがまったく動けなかった。それでも抵抗して暴れ続けた吉井は、吸うまいと思っていた甘いガスを吸いこんでしまった。しばらくすると、全身の力が抜けていくのを感じた。なぜか幸せな気分になった。

その一部始終を、なすすべもなく秋子が家の二階にある寝室の窓から見ていた。

東京の鉄道駅のプラットフォームの端に佐野はたたずんでいた。周囲に人の姿はない。快速などが通過する駅で、乗降客は比較的少ない駅だ。特に朝晩のラッシュアワー以外の時間は乗降客は極端に少なくなる。

そこに鈍行が到着した。

降り立つ客はそこそこの数だったが、全員がプラットフォームから改札に向かって歩き去ると、見計らったように長身白髪でダークスーツにロングコートをまとった初老の男性が佐野の前に現れた。

「ご無沙汰してます」と佐野が一礼する。

「どうも」と男性も折り目正しく礼を返す。

男性は手にしていた厚手の紙袋を佐野に差し出した。佐野は受け取ると紙袋の中をのぞいて確認した。

「ありがとうございます」

「それと」と男性は手にしていた大きな黒いカバンから、タブレットPCを取り出した。

「これでスマホの位置を特定できます」

タブレットを手にして佐野は「助かります」と礼を告げてから確認する。

「支払いは後でいいですか？」

「ええ、信頼してますから。でも面倒な仕事なら、おひとりでやるより組織の力を借りた方が良くはないですか？」

佐野は即座に断った。

「今はもう関係ないんで」

「そうですか。残念です」

「会長によろしくお伝えください」と佐野はまた頭を下げた。

「わかりました。じゃあ、お元気で」

男性はプラットフォームを歩み去っていく。

それを佐野が見送る。

男性は弁護士だ。正規の手続きで法曹資格を取得しているという。だが彼が所属している組織、及びその関係者たちからは〝売人〟と呼ばれていた。なにか必要なものができたとき、彼に相談すればほぼ確実に調達してくれるのだ。少なくとも佐野はこれまで一度も断られたことはなかった。

だが佐野は男性の名前を知らなかった。弁護士として働いているところを見たこともない。

だがそれは佐野にとってどうでもいいことだった。

佐野は次の目的地に向かって動き出した。

佐野は東京で〝仕事〟をしていたときに何度か取引をしたことのある廃車置き場にやってきた。充分に走れる車を選んで、格安で購入した。名義変更や税金の支払いもなしだったので、実質的には購入ではなく〝知り合いにちょっと借りる〟体だった。もちろん返却期限もない。それも含めての料金を支払ったのだ。

　そこはかつて製紙会社の工場だった。三〇年近く前に会社が倒産し、買い手がつかずそのまま放置された工場は荒れ果てている。

　工場の片隅に貯水池がある。今は新たな水が補給されることはないが、秋から続いた長雨のために二ｍの深さのある池は満水状態だった。

その前に、黒いセダンと白いバンが並んで停められていた。

バンのバックドアを矢部と井上が開いて、そこからオレンジのベストを着た猟師の死骸を引きずり出した。

貯水池の周りには滝本、村岡、殿山、マスク男が並んで立っている。矢部と井上で死骸の手足を持って左右に振ると「せ〜の」と掛け声をかけあって、池に死骸を投げこんだ。車に積まれていた金属類を手当たり次第に身体にくくりつけられた猟師の死骸は、吸いこまれるように池の底に沈んでいった。

廃工場の中心部にある巨大な建屋は社の屋台骨であったパルプの製造をしていた工場だった。すべての機械は売り払われ、内部はガランとしている。

滝本、村岡、矢部と殿山がそこに所在なげに立っている。黙って互いに目もあわさずにいる姿は、少し気まずそうで奇妙な集団に見えた。

工場建屋の中央に鉄骨の太い柱があり、その前に錆びついたパイプ椅子が置かれている。

そこに井上とマスク男が両腕を支えて吉井を連れてきた。吉井は麻酔がまだ完全には覚めていないようで、フラフラしている。頭と顔にはタオルのようなものをかぶせられて吉井の視界をさえぎっていた。

椅子に座らされた吉井はこうべを垂れてグラグラと揺れている。

井上が吉井のジャケットのポケットを探って、スマホを発見した。それを工場の隅に投げ捨てた。

マスク男は吉井の両手を後ろ手にして、柱に手錠で拘束した。

井上が吉井の顔のタオルを乱暴にはぎ取る。

吉井がまぶしそうに目をすがめているが、視界が開けたことで、自分の置かれている状況を思い出したようだ。だが声を上げることができない。ガムテープが幾重にも巻かれて口をふさがれているのだ。

滝本が吉井の目を見て宣告する。

「吉井くん、今から君に痛い目にあってもらう。残念だけど命の保証はない。その様子が全世界に動画配信される。いいね?」

するとマスク男がはしゃぎだした。

「面白い。痛い目ってどうやるの?」

村岡が手にしていたガスバーナーに点火した。青く鋭い炎が立ち上がった。ヘビが威嚇するような音を立てる。

「ゆっくりと焼く」と村岡は微笑しながら、吉井を見やった。

吉井は覚醒していた。椅子の上で身をよじって拘束されていることに気づいたようだ。

マスク男は身震いして「おお……」と喜びの声を上げた。

するとと矢部が顔色ひとつ変えずに、恐ろしい言葉を口にした。

「中世の火あぶりは足もとから焼いたらしいですね」

それを聞いて即座に村岡が却下した。

「いや、顔面からやる」

村岡以外の全員が、村岡の言葉と有無を言わさぬ断固とした口調に思わずひるんだように見えた。

村岡はガスバーナーの炎を消して、最後に残った炎を吹き消した。その様子がまるで西部劇のガンマンが人を撃ち殺したあとに銃口の煙を吹き飛ばすのを真似ているように見えた。残虐な言葉と村岡のその軽さがかみ合わずに、それがまた不気味だ。

吉井は村岡の姿を見ながら、クラウドたちと同じ軽さだ、と思った。負け犬の成れの果てだ。

一瞬の沈黙ののちに、滝本が鼓舞するように声を上げた。

「じゃあ、撮影機材を」

その声で我に返ったように、一同は機材を運ぶために、工場を出て行く。

村岡だけが工場内に残った。

村岡はガスバーナーの燃料の残量を確認するようにバーナーを振っている。そうしながら横目でちらりと吉井を見た。

村岡はゆっくりとした足どりで吉井の横にやってきて、声をひそめた。

「吉井、助けてやろうか？」

吉井はガムテープで口をふさがれて返事ができない。

「俺は他の連中とは違う。ビジネスの話をしよう。一億出せるか？　どうだ？」

吉井は返事をしない。うなずくことも否定することもしない。

「そんな金はねえか。いくらなら出せんだ？」

吉井はやはり意思表示をしなかった。

「えっ？　ないのか？」

村岡は嬉しそうだ。そして吉井を馬鹿にして笑った。

「なんだ、お前もやっぱり貧乏人なんじゃねぇか。ちょっと金持ちのフリしたかっただけか」

吉井はやはり黙って動かない。

村岡は吉井の様子をうかがって、目が険しくなる。

「よくそれで俺を馬鹿にしたような態度に出れたな。なんて底の浅い人間なんだよ、お前は」

吉井が反応しないことに村岡は次第に興奮してきた。

「謝れ。そしたら許してやる。今、ここでこうべ垂れて、心の底から俺に謝罪しろ」

だが吉井は無視した。たとえなけなしの口座の残額をすべて渡すと約束しても、土下座して泣いて謝っても、絶対に村岡は助けてくれるわけがない。もし助けたとしたら、あのクラウドたちに村岡は殺されるだろう。

要するに村岡は〝大嫌い〟な吉井の惨めな姿を見たいだけなのだ。村岡を喜ばせるようなことだけはしたくなかった。村岡が嫌っているように、吉井も村岡が大嫌いだった。昔から。

「嫌か？　じゃあ、苦しみながら死ね」

捨てぜりふを残して村岡は工場を出て行く。その一瞬、村岡が悔しそうな表情を浮かべたのを吉井は見逃さなかった。それで恐怖で固まっていた心が少しほぐれたような気がしていた。

手の届かない地面に投げ捨てられた吉井のスマホの画面が光った。電源が落ちているはずだったが、確実に光った。だが画面が地面に伏せられているために、その光はわずかで、吉井はまったく気づいていなかった。


佐野が〝売人〟から渡されたタブレットには外国製のアプリが入っていた。正確に言えばアプリを改変したものだ。各国が定めている規制に配慮して設けられている〝抑制〟をすべて取り払ってあるのだ。

アプリに佐野は吉井のスマホの電話番号を入力した。本来は吉井のスマホがＳＭＳで応答しなければなにもできないのだが、その〝抑制〟が取り払われている。

吉井のスマホは遠隔操作で電源が入れられて、そのGPSの位置情報が地図とともに表示された。群馬県にある製紙会社の工場だ。

破壊されたものが散乱している吉井の家のダイニングに立ったまま、佐野は工場の位置を確認した。

もう一度、家の中を見回す。散弾と思われる弾痕。二発。パソコンの破壊。だがパソコンの脇には、無傷のハードディスクがむき出しで置かれている。

状況は確認できた。

佐野はハードディスクを手にして家を出た。

家の前には佐野が調達した黄色いワゴン車は停まっていない。佐野が廃車置き場で購入した小型の中古車だけがあった。

車に乗りこんでから佐野は少し考える顔になった。

そう遠くない時期に必要になる、と佐野は〝ラーテル〟に対する憎悪がネット上で高まっていることを知って、〝売人〟に依頼を出していた。

だがネット上を詳細に確認すると、ダークウェブにたどり着いた。そこには〝ラーテルの襲撃計画〟を提案した者がひとり現れた。そこに複数の者たちが食らいついた。

総勢十数人が、一気に盛り上がり興奮し、騒ぎになった。

だが直後に静かになった。

〝計画〟は進行中だ、と佐野は判断した。ダークウェブに食いついた者のうちの六人がダークウェブから消えたのだ。それは具体的な〝計画〟を個人間でやりとりしていることを意味していた。

佐野は〝売人〟に早急に入手したい旨を申し出た。すると〝売人〟から東京での引き渡しを提案されたのだ。佐野が東京まで電車で出向くことになったが、これが一番時間と料金を節約できた。

まだ間に合う。

佐野は〝売人〟から仕入れた厚手の紙袋から拳銃を取り出した。二丁。いずれもアメリカ製の信用の高いオートマチックだ。そして予備の弾倉が五つ。完璧だ。

さらに吉井のハードディスクドライブ。

うまく使えば、突破することができる。

クラウドたちは都内で入手した白いバンのバックドアから、大量の撮影機材を次々と降ろしていた。ほとんどはレンタルだったが、準備時間が乏しかったために、どうにも手に入らなかったものは購入していた。かなりの金額になったが、その資金は滝本が出していた。

すべての機材を地面に降ろし終えると、滝本が手にしていたバッグを地面に置いた。バッグの中からジップロックに収められた拳銃を取り出した。きちんとジップを閉めている上に中に乾燥剤まで入れている。それが必要なのかどうか誰もわからなかったが、どこか滑稽だった。

拳銃を目にしたクラウドたちは全員が「おお」と感嘆の声をあげた。

少し遅れて合流した村岡は、拳銃を見て「トカレフか」とさげすむような調子でつぶやいたが、誰も聞いていなかった。村岡は拳銃を一〇年前に自ら手に入れていた。村岡の銃はアメリカの歴史あるメーカーのもので絶大な人気を誇るオートマチックだった。旧ソ連製のトカレフの数倍の値段で手に入れたものだ。

滝本は銃砲所持許可を得ていた。ビジネスの上での出会いに有効だから、と父親に勧められて許可を得て猟銃も購入していたが、実際に猟に出たことはない。動物を撃ち殺すことに嫌悪感があったのだ。だから何度か射撃場で撃ったことがある程度だったが、思わぬことに役立った。

「万が一、警察に包囲されたときに使う」

どう見ても本物にしか見えない拳銃を手にして滝本が口にした言葉に、全員の動きが止まった。

全員が驚いていることに気づきもしないように滝本は続けた。

「このゲームの終わらせ方をいろいろと考えてこれに落ち着いた」

全員が牽制しあっているように顔を見合わせたが、目が合うと即座にそらしている。烏合の衆なのだ。気持ちが一つになることなどない。だが誰かが暴走しようとしても止めようともしない。下手に反対したりすれば殺されるかもしれない、と誰もが感じていた。

「異論はないだろう？」

そう言い放った滝本に同意を示す者はいなかったが、無言であることが同意と見なされた。

村岡が動いた。大きなカメラケースを担いで、撮影のため工場の中へと向かったのだ。

次々とクラウドたちは村岡に続いた。

柱に手錠で拘束されたまま、吉井はぐったりしていた。まだ少し麻酔が残っているようなのだ。なんとか手錠を壊せないか、と何度か鉄骨の柱に押しつけて圧力を加えてみたが、徒労に終わった。

「良ちゃん」

幻聴かと吉井は思った。天から秋子の声が聞こえたような気がしたのだ。朦朧（もうろう）とした状態の上に目隠しをされて運ばれたとはいえ、ここが家からそんなに離れていない場所であることはわかった。だが、この場所を秋子が知るはずもないし、知ったとしても一人で来れるわけがなかった。

「良ちゃん」と今度は〝天〟ではなくすぐ上から声が聞こえた。

吉井が見上げると、金属製の作業通路が回廊のように工場の上方にあり、そこに秋子がいた。手すりに隠れるようにしゃがみこんでいる。

吉井は口の中でもごもごとしゃべろうとしたが、ガムテープが邪魔して言葉にならない。どうにかしてここが危険であることを伝えたい。

「追いかけたの、良ちゃんの車で」

たしかにそれも気になったが、吉井が警告したいことは違った。顔と目の動きで「逃げろ」と告げた。

「逃げられないの？」と秋子は小声で問いかけた。

下手に動いて見つかれば、秋子にも害が及びかねない。クラウドたちの憎悪は尋常ではない。

「相当ヤバイ状況？」

秋子が尋ねて、吉井は深くうなずいた。

「ふ〜ん」と秋子はしばらく考えるような表情になった。

工場の入り口付近から足音が聞こえてきた。

吉井は唸りながら、目で逃げろ、と合図した。

「待っててね。我慢して。また来るから」

そう言って秋子は回廊を去ってしまった。

入れ代わりに、村岡を先頭にクラウドたちが大量の撮影機材を手にして戻ってきた。

あらかじめリハーサルでもしていたかのように、クラウドたちは次々と機材を準備していく。

佐野は予定していたより五分ほど早く廃工場に到着していた。

工場の正門の脇にあった駐車スペースに佐野が調達したワゴン車を発見して、少し離れた場所に車を停めると、ワゴン車をしばらく観察していたが、動きはない。

佐野は拳銃を手にして、ワゴン車の背後から近づいた。車内に人影はない。

佐野はワゴン車の中を一瞥したが、特別なものはなにもない。

拳銃の撃鉄を起こすと、フェンスの金網が切れているところを探して、工場内に足を踏み入れた。

矢部は一回目で運びきれなかった機材をバンから降ろした。かなりの量だが、これをひとりで運ばなければならない。

矢部は「ふぅ」と息をついて背筋を伸ばすと荷物を抱えて歩き出した。

しばらく進むと、背後で物音がして、矢部は振り向いた。

表につながるシャッターが音を立てて開かれたのだ。矢部は担いでいた荷物を落としそうになった。

シャッターが開いて薄暗い工場の中に光が射しこんだ、その光を背負って男らしき人影が進んできた。

矢部はすぐにその男が手にしているものに気づいた。拳銃だ。

「誰だ、君は?」

「吉井良介のアシスタントだ」

男はよどみなく答える。答えながらも、男はぐんぐんと間を詰めてくる。

矢部は素人ながらも、男に隙がないことを悟った。どう考えても勝ち目がない。

矢部は機材をほうり投げると、〝仲間〟のいるはずの工場に向けて走り出した。

男は発砲した。矢部の右脇腹を銃弾がえぐった。

矢部はもんどりうって倒れたが、這って逃げようとしている。

男は近づいて、矢部の脚を撃った。尻と太股の境を撃たれて、矢部は動きを止めて苦悶している。

男は矢部に問いかけた。

「吉井良介はどこにいる?」

矢部は腕を前方に伸ばした。

「この奥か? 奥なんだな?」

矢部は頭をコンクリートの床にゴンゴンと打ち付けながらうなずいた。そして助けを求めてわめき出す。

男は矢部の頭を撃ち抜いた。

男は奥へと進んでいく。

吉井は銃声を聞いて顔を上げた。警察なのか？　秋子が通報したのか？　ガスバーナーで焼かれて死ぬ確率は減ったような気がしていた。しかし、いずれにしても死ぬんだろうな、と同時に思っていた。

「なんの音？」

マスク男が間の抜けた声で皆に問いかけた。

「たぶん銃声だな」と村岡は他人事のように言った。少し笑っているように見えた。

「誰かが侵入したか」と殿山は緊迫した表情だ。だがいきいきしている。

殿山は殺害した猟師から奪ったライフル銃を取り、弾が装填されているか確認した。

マスク男は急にパニックになって慌て出した。だがその動きがふざけてでもいるかのように滑稽で軽薄だ。大声でわめきたてる。

「ひょっとして警察？　バレてんのこれ？　マズイじゃん！」

井上はどことなくぼんやりしているように見えるが、事態を分析して口にした。

「警察はそう簡単には発砲しませんよ」

マスク男はさらにパニックが加速していく。

「じゃあヤクザ⁉　もっとマズイよ。誰かこの中に通報者がいるってこと？　俺たち、なにか罠（わな）にはまったんじゃないの？」

　クラウドたちはマスク男のパニックにげんなりしているように見えたが、同時に不安げでもあった。

　マスク男はわめき続ける。

「お互いさ、知らないもの同士で気軽にゲーム感覚で集まったりするから隙だらけなんだよ……。だから誰になにされても、後で文句一つ言えないわけ……」

　マスク男は、独り言のように言い募るが、次第に声が小さくなっていた。まるで反省しているかのように、うなだれてしまった。

　滝本がずい、とマスク男の前に進み出ると怒り出した。

「おい！　君はそのマスク、いつまでかぶってるつもりだ！」

　まったく的外れの怒りがマスク男に向けられた。

「え？　そんなの勝手だろ」とマスク男は再びわめき出した。

「人に意見を言うなら、ちゃんと顔見せろ！」

　激昂（げきこう）しているからなのか、滝本はますます逸脱していく。

「どうして？　そういう自由って保障されてるんじゃないの？　そうじゃないなら、俺、最初から参加しなかったな」

　マスク男は急にトーンダウンした。明らかに怖じ気づいている。

　すると背後から近づいた殿山が、マスク男のマスクを奪い取ってしまった。

「あ！」と叫んだマスク男——三宅は手で傷とアザだらけの顔を隠そうとしている。

「君の素顔なんか誰も覚えてないよ」と殿山が冷たく言い放った。

三宅は急に静かになった。

「様子を見に行く」と滝本も冷静さを取り戻したようで、猟銃を担ぎなおして動き出した。

滝本は吉井に視線をやってから命じた。

「君はここに残れ」

「はい」と井上が応じた。

目の前でおどおどしている三宅に、滝本は「君は好きにしろ」と突き放す。

滝本に続いて、殿山と村岡が出て行く。

しばらく戸惑ってひとりでもじもじしていた三宅は、滝本が持ってきたジップロックに入った拳銃をチラチラと見ている。やがてジップロックを手にして、拳銃を取り出した。自分の中の恐怖を振りきるように、ジップロックを投げ捨てると、小走りになって三宅は滝本たちの後を追った。

その様子を見ながら井上はうんざりした顔をしていた。


矢部が佐野に撃たれて死亡していたのは、工場の倉庫にあたる場所だった。

滝本、村岡、殿山が血にまみれた矢部の死体を眺めていた。

銃創は三か所で、銃声と同じ数であることを滝本と村岡が確認した。

そこに三宅が走ってやってきた。

滝本はチラリと三宅を見やったが、すぐに視線をそらした。

「向こうも武装してる。本気の殺し合いになったな」

三宅が甲高い声で提案した。

「さっさと、吉井を処刑して終わらせよう」

村岡が小さく首を振った。

「いや、それで終わらせてくれるかな」

殿山がうなずく。

「終わらせてはくれないだろうな」

三宅がまたパニックになった。

「じゃあ、どうすんだよ！」

滝本は三宅を無視して不敵に笑った。

「面白くなってきたじゃないか。こういうのを待ってたんだよ」

滝本は肩に担いだ猟銃に手を添えて、ゆったりとした足どりで歩き出した。村岡と殿山が続き、逡巡しながらもひとりになることに怯えて三宅も後に続いた。

滝本のバッグから取り出した拳銃を舐め回すように見ている井上を、吉井が不安そうに見ていた。

滝本のバッグの中身は吉井には見えなかった。だが大きなバッグの中には他にも拳銃が入っていそうだった。クラウドたちの人数分、用意されているのではないか。滝本なら拳銃を闇で購入するだけの資力があるはずだ。

バッグは慎重に吉井の手が届かない場所に置かれている。

トイレを要求してみようか、と吉井は考えていた。井上は三宅ほど間抜けではなさそうだったが、他のクラウドたちに比べると〝甘い〟ように見えた。トイレのために手錠を外してくれれば、銃を奪って、脅して……。

すると吉井の思考を読んでいたかのように、井上が拳銃を吉井に向けた。

「ここで今、僕が殺しちゃってもいいですよ」

物言いは子供のようだったが、井上の顔に浮かんでいるのは、虚無だった。魂が抜け落ちたような無表情で拳銃を突きつけてくる。

吉井は拳銃の銃身を見ながら、身じろぎもできなかった。

「火あぶりよりは楽だと思うな。ラーテルさんも結局、運に見放されましたね」

吉井は井上を知らなかった。見たことも名前を聞いたこともない。その男がこれまで吉井に「運」があったと言っているのだ。一体、ネットの中で〝ラーテル〟の虚像はどれだけ大きく膨れ上がっているのだろう。村岡は「一億円」を要求した。家賃を値切って七万円の家に住んでいる〝ラーテル〟は、銀行口座の残高が底を尽きかけているのに。

「僕なんかずっと前からですよ」と井上は吉井の眉間に銃口を押し当てた。

「怪しい商品をつかまされて大損するし、親には勘当されるし、恋人は自殺するし。あ～あ」

井上は嘆息とともに地面に座りこんだ。やはりその顔には表情がない。

「僕はラーテルさんを殺すことぐらいしか楽しみが見つからないんです。ひどいもんでしょう。笑っていいです。笑ってください」

ガムテープを貼られて吉井は笑うこともできなかった。そもそも笑う気もない。井上を刺激することは一切したくなかった。

井上が吉井の顔をのぞきこんだ。

「ガムテープで笑えませんか？　剥がしましょうか？　大笑いしてるラーテルさんの顔を拳銃で撃ちたくなってきたな」

井上は乱暴に吉井の顔からガムテープを剥がした。吉井は顔をしかめる。ヒゲと髪がテープによって抜かれたのだ。

「どうして笑わないんですか？　笑わないと撃てないじゃないですか。僕を馬鹿にしてるヤツを、その馬鹿にしてるまさにその瞬間、殺す。そいつはなにが起こったかわからないまま、キョトンとなって死んでいく。僕はその様が見たいんですよ」

殺すことを予告しながら、笑えという矛盾にも気づいていないようだった。井上の顔に表れた〝虚無〟は、ただの〝空白〟なのかもしれない、と自分に向けられた銃口を見ながら吉井は頭のどこかで思った。

　すると工場の奥で大きな音がした。大きな金属が地面に落下したような騒がしい音だった。

　井上は拳銃を音の出所と思われる工場の奥に向かって発砲した。立て続けに四発。猛烈な銃声だったが、工場の奥になんの変化もない。

　吉井は黙っていた。銃を手にした井上の視線がこちらに向くことが怖かった。

　工場の奥には、たくさんのガラクタが積み上げられている場所があった。そこには天窓から入る光は当たらない。その闇の中から空き缶のようなものが飛び出してきて地面に転がった。

　井上はガラクタに向けてまたも銃を連射した。恐怖に襲われてパニックになっているのだろう。だが静かになった。井上は拳銃をしげしげと見ている。オートマチック銃のスライドが後退したままになっている。弾を撃ち尽くしてしまったのだ。

　吉井はほっとしていたが、まだ滝本のバッグの中に拳銃があるのではないか。

　井上もそれに気づいたようで、滝本のバッグに視線を向けた。

　だが井上は一歩も動けなかった。ガラクタの闇から現れた男が狙いをつけて井上を撃った。

　どこに当たったのか吉井にはわからなかった。だが倒れた井上は苦しげにうめいてもぞもぞと動く。

井上を撃ったのは佐野だった。佐野は井上に近づくと容赦なく井上の頭を撃ち抜いてとどめを刺した。

吉井は佐野の銃さばきが常人のものでないことに気づいた。慣れていた。銃を扱うこと。そして人を殺すことに。

佐野は、吉井の背後に立って、手錠に触れている。なにを使ったのかわからなかったが、手錠はすぐに吉井の腕から外された。

吉井は放心していた。目の前で起こったことに、頭がついていけなかった。

「大丈夫ですか?」

問いかける佐野の声は優しかった。それがいっそう非現実のような印象を吉井に与えた。

佐野が吉井を抱えて立ち上がらせた。

まだぼんやりとしたまま吉井は感謝を告げた。

「ありがとう。でも、佐野くん、なんで……」

「アシスタントですから」

たしかに〝退職金〟を渡してクビを宣告した際に、佐野は「吉井さんの助手として、やれることはなんでもやる」と言っていた。彼もまた吉井の虚像を膨らませている人間のひとりなのだろうか。

吉井は佐野が手にしている拳銃を見つめた。それは井上が手にしていた拳銃とは形が違っていた。自分で調達したのだろう。

どこからともなく即座にワゴン車を調達してきて、それを自由にいつまでも使っていい、という佐野。拳銃を手に入れて、こともなげに見知らぬ男を撃ち殺す佐野。そもそも、どうやってここにやって来ることができたんだ？　なぜ、俺の窮状を知っている？

俺のアシスタントを名乗るこの男はなにものなんだ？

すると、佐野が周囲を見回して落ちていた吉井のスマホを拾いあげた。

「これをＧＰＳで探知しました」

佐野はスマホを吉井に手渡した。

「俺が吉井さんをサポートします。今から反撃しましょう」

「反撃？」

「そうです」

佐野は吉井に大きくうなずいて見せた。

だがあわてて吉井は首を横に振った。

「言ってることがわからない。とにかく俺はひどい目にあった。今すぐここを出たい。元の生活に戻りたい」

佐野は黙って聞いていたが、おもむろにポケットから拳銃を取り出した。それを吉井に差し出す。吉井は恐れながらも震える手で拳銃を受け取った。

「撃ち方わかります？」

「……いや」

「弾はもう入ってます。あとは撃鉄を起こして引き金を引くだけです」

佐野は吉井の手にある拳銃の撃鉄と引き金を指さして教えた。

抗しがたい〝力〟を佐野は持っていた。修羅場をくぐり抜けた者が身につける〝胆力〟なのかもしれない。

吉井は震える声で佐野に問いかけた。

「彼は？」と死んでいると思われる井上に視線をやった。

佐野は踏みしめるかのようにゆっくりと歩いて、井上の死体に近づいた。

「彼がどうかしました？」

「……ほっとくのか？」

吉井の問いかけに佐野は逆に質問してきた。

「誰ですか？　これ」

「……知らない」

「じゃあ、ほっときましょう」と佐野はさわやかな笑顔とともに告げた。

吉井は佐野の顔を見つめながら黙って考えていた。アシスタント？　なぜ彼はここまでするのか。肥大させた虚像である〝ラーテル〟のアシスタントになることを望んでいるのか。それで大金を得られるとでも。

「君の目的はなんだ？」

佐野はやはり微笑んだ。

「必要なときは呼んでくださいって言ったじゃないですか」

たしかにそれも佐野との別れ際に聞いた言葉だった。そして吉井は切実に佐野の救いを求めている。それが叶えられたのだ。なんの不都合があるだろう。

「ああ」

「さあ、行きますよ。連中も銃声聞いて警戒してるはずです。慎重に進みましょう」

佐野が歩き出すと、吉井も言われた通りにゆっくりと歩を進めた。

7

三宅はひとりかつて機械室だった部屋に隠れてスマホを見ながらうなり声を上げていた。

スマホの画面には、今日のニュースがあった。見出しは『東京・大田区　母親と子供二人の遺体発見　殺人容疑で父親を指名手配』とある。

三宅はどうにも滝本が気に食わなかった。なんの根拠もなく偉そうでベンツに乗りやがって……。

弱みを握りたかった。それであいつを凹ませる。

だからネットで滝本の名を検索した。

名前をあいつは名乗らなかったが、ベンツのグローブボックスの中に運転免許証があった。財布も金もなかったけど。

『滝本一郎』で検索したところ、ヒットしたのは新聞社のネットニュースだった。スマホの画面の中には記事が紹介されていた。

『一八日午前一一時ごろ、警視庁糀谷署の警察官が東京都大田区北瀬五丁目にある滝本商会の敷地内で、母親と小学生の兄弟二人の遺体を発見した。遺体はいずれも頭部に銃弾を受けており、死後二日経過しているとみられる。警視庁は母親と子供を殺害したとして、父親で滝本商会社長の滝本一郎容疑者（五三）を殺人容疑で全国に指名手配し、顔写真を公開した』

画面には戸惑っているような顔をした滝本の写真があった。

殿山がやってきた。

「なにしてる。来ないのか？」

答える代わりに三宅はスマホの画面を殿山に向けた。だが殿山は目もくれない。

「あのリーダーぶってる男の本名知ってます？　滝本一郎って言うんですよ。ネットニュース見てください。妻と子供を殺して逃走中の殺人犯です」

する。

「ふ～ん」と殿山は驚くどころか、まったく興味がないようで機械室を出て行こうと
三宅は殿山に追いすがる。

「あいつ、俺たちを道連れにして、警官隊とやり合うつもりですよ」

それを聞いても殿山は顔色一つ変えずに「別に。どうでも」とつぶやくだけだった。

「死にますよ。いいんですか？」

すると突然殿山が足を止めると、同時に機械室の二階に上がるための階段に身を隠した。

後ろにいた三宅も殿山を盾にして隠れる。

機械室に吉井と佐野がやってきたのだ。

佐野は三宅が階段の陰でわずかに動いたのを見逃さなかった。

後ろを歩く吉井に「誰かいます」と促して、大型機械の脇に身を潜めた。

すると突然、大型機械に弾が当たって火花が散った。

佐野の目の前だ。

「ライフルか」と佐野は動じている様子はない。吉井に声を抑えて告げる。

「気をつけてください。飛び出したらアウトです」

佐野が言う通りに、ライフル銃での射撃は正確だった。殿山が放った二発目も、佐

野のすぐそばに着弾した。前回よりも着弾地点は近かった。

殿山は「私は上から狙う。君はここで援護してくれ」と言い残して、足音を忍ばせて階段を上がっていく。

「援護ってどうやんだよ」と三宅が声を抑えて問いかけたが、殿山からの返事はなかった。

階段を上がる殿山の姿を目にして、佐野は機械の脇から狙いをつけて発砲した。だが階段に弾かれた。さらにもう一発、殿山に向けて発砲したが、これも階段の手すりに邪魔された。

ライフルで上から狙われると不利だった。短銃では応戦できない。

殿山は上階に上がって、佐野にライフル銃を向けてきた。

佐野が身を隠すが、その足元に着弾した。狙いは正確だ。

次に殿山は吉井を狙って発砲してきた。だが金属の手すりが邪魔して吉井には届かなかった。とはいえ安全とは思えなかった。

「吉井さんはここにいてください」

佐野が拳銃に予備の弾倉を装填すると飛び出した。殿山のライフル銃が佐野を狙っている。

佐野は殿山に向けて連射しながら走った。

銃撃に怯えながら放った殿山の銃弾は佐野には当たらなかった。

佐野は一気に駆け抜けて、階段を上がっていく。

殿山は射撃してこない。弾切れなのか。すると金属の階段がなにかがぶつかるような音を立てた。

佐野は確信した。弾を補充しようとして、落としたのだ。その推測を裏付けるように、次々と複数の弾丸が階段を落ちる音が聞こえてきた。

佐野が二階に上がると、殿山が四つんばいになっている姿があった。落とした銃弾を拾っている。佐野はためらうことなく背後から撃った。だが殿山は撃ち抜く瞬間に銃弾を拾い集めるために少し移動した。だから狙っていた急所を外してしまった。

うめく殿山のとどめを刺そうとしたが、階下で動くものを目にした。佐野は目を凝らした。その瞬間に銃撃された。だが銃弾は遠くに着弾した。

一階に人の姿があった。三宅だった。まさに殿山を援護しようとしたのだ。

佐野は階下の人影に狙いをつけて二発連射したが、手すりに跳ね返された。

三宅は脱兎のごとく逃げ出した。

「ひとり逃げました。追いかけます」

佐野は吉井に報告すると、階段を駆け下りて、三宅を追った。

ひとり残された吉井は不安に包まれていた。激しい銃撃戦だった。だが何もできなかった。佐野がいなかったらきっと殺されていただろう。その佐野がそばにいないことが恐ろしかった。

だが、銃撃戦の音で残りのクラウドたちにも、この場所を知られている可能性がある。移動した方がいい。

ライフル銃で攻撃してきた殿山という男は佐野が倒したはずだ。

ところが、二階で人の動く音がした。

生きているのか、と吉井は銃の撃鉄を起こした。

恐る恐る、吉井は階段を上がっていく。

やはりうめき声が聞こえる。

吉井は階段を上がりきった。目の前に殿山の姿があった。殿山は腹から血を流していて、息も絶え絶えだが、ライフルに弾を装填している。やがてライフルを杖代わりにして立ち上がろうとしていた。

吉井は撃鉄が起こされているのをもう一度確認して拳銃を殿山に向けた。

「残念。逃げられました」

階下で佐野の声がした。

「吉井さん？　上ですか？」

さらに佐野が呼びかけるが返事ができない。目の前で殿山が立ち上がってライフルいない。

銃を構えようとしているのだ。狙っているのは、階下の佐野だ。こちらには気づいて
佐野も撃ち倒したはずの殿山からの反撃を予想していないだろう。無防備だ。
吉井は自らを鼓舞した。撃て、撃て、撃て……。
引き金を引くんだ！
銃声が鳴り響いた。発射の反動で吉井はバランスを崩したが、殿山がライフル銃を
撃つ前に殿山の胸を撃ち抜いた。
倒れた殿山はまったく動かない。
吉井は茫然自失の状態に陥っていた。
佐野が階段を上がってきた。油断なく銃を殿山に向けながら、死んでいることを確
認してから、落ちている銃弾を拾い集めてポケットに収め、ライフル銃を拾い上げた。
佐野は吉井に向き直るとぼんやりしている吉井に声をかけた。
「すごいじゃないですか。助かりました」
佐野に感謝を告げられて、吉井はようやくショック状態から脱しつつあった。
さらに佐野は付け加えた。
「案外簡単でしょう？」
たしかに「簡単」だった。ただ人に銃を向けて引き金を引いただけ。それだけで人
間が死ぬ。この世界から消えてなくなる。

吉井はしゃがんでしまった。そのまま動けない。呼吸も荒い。

「吉井さん、吉井さん」と声をかけながら、佐野が近づいてきた。肩にライフル銃を担ぐ。

「吉井さん。立てますよね?」

佐野はまるで子供をあやすような優しい声だ。

「ああ」と吉井はよろよろと立ち上がった。

「吉井さんは命の恩人ですよ」

佐野にあらためて感謝されて、吉井は心にのしかかる重圧から少し解放されたような気がした。そうだ。佐野のためだった。自分を救おうとしてくれている佐野を救った。それだけのことだ。殺さなければ佐野も自分も殺されていた。重荷に感じる必要などない。

「さあ、先に進みましょう」

佐野が階段を下りていく。吉井は震える足を意識しながらも、階段を一段ずつ踏みしめる。

そうだ。先に進め!

佐野から逃げおおせた三宅は、全力で走りながら、工場の出口を目指していた。

人影を目にして思わず両手で防御の姿勢を取った。だが、それは猟銃を持った滝本だった。

「ヤクザでも警察でもない。誰だかわからないヤツだ。本気で撃ってくる」

三宅は興奮状態のまま滝本に告げた。目の前で殿山が撃たれるのを目撃した。そればかりか銃撃を受けた。さらに言えば三宅も銃を撃った。人に向けて。

こんなことはまったく望んだことではなかった。ただラーテルをいたぶって殺したかっただけだ。ここから逃げのびれば、なんとかなる。本当の絶望はこの場所だ。

三宅を見る滝本の目はどんよりと濁っていた。

三宅はその目を見ながら気づいたことがあった。ニュースの記事には一八日に死体で発見された滝本の妻子は二日前に殺されていた、とあった。三宅がダークウェブに『みなさん本気ですか?』と書きこんだのが昨日の一二月一八日。応答してきた五人が廃工場に集合したのが今日、一九日。

つまり滝本は三宅が書きこみをした一八日の二日前の一六日の時点で、すでに妻子を撃ち殺していたのだ。

とすればラーテルを殺すことは、滝本にとってむしろ〝おまけ〟なんじゃないか。三人殺しちゃったから、何人殺しても同じく死刑だから、ついでにラーテルも殺しちゃえ、と思ってたんじゃないか。

ラーテルを殺す予定があったから〝人殺しの妻〟〝人殺しの息子〟として生かすのはかわいそうだ、とか思って殺したんじゃない。ただひたすらに妻と子供たちを殺したかった。それが滝本一郎の本当の望みだった。なぜ？

そんなこと知るか！

三宅は滝本の濁った目をちらりと盗み見た。すると滝本が尋ねてきた。

「それで君は逃げるのか？」

なんの感情もこもらない濁った目。

「ああ」と三宅は一目散に走り出した。

出口はもうそこだ。県道まで出て、この拳銃で脅して自転車を盗んで……。

背中に衝撃があった。物凄い力で突き飛ばされたような。

やがて背中が焼けるように熱くなっていく。呼吸が苦しい。

三宅はなにか手がかりを求めて何度も両手で空を掻いた。

そこに滝本がやってきて、三宅が落とした拳銃を拾い上げた。

「助けて、たすけて……」

滝本は三宅の目を見据えて「助からないよ、もう」と宣告した。

直後に拳銃で三宅の額の真ん中を撃ち抜いた。

身体を硬直させて三宅は派手に地面に転がった。

種類の違う二発の銃声を聞き、並んで駐車場へと向かっていた吉井と佐野は同時に足を止めた。佐野はすぐに銃声の聞こえた方角に向かって再び歩き出したが、吉井は逡巡した。

それに気づいて佐野は足を止めて、吉井に視線を向けてきた。

佐野の目には強い力が宿っていた。戦って生き延びるんだ、と吉井を鼓舞しているようだった。

吉井は拳銃を握り直すと、一歩踏み出した。

佐野と吉井は横に並んで黙したまま歩いていた。姿の見えない敵に向かって。

やがて佐野はライフル銃を手に持つと、走り出した。

吉井は戸惑ってしまったが、すぐに思いなおすと佐野を追った。

佐野と並んで走っていると心強かった。負ける気がしなかった。


工場の建屋を抜けると、そこは廃墟(はいきょ)だった。昔は物置小屋がいくつもあったのだろう。今はコンクリートブロックで作られた小屋の外壁の一部が残っているだけだ。

それは異様な光景だった。

銃声はこの奥でしたはずだ。

すると銃撃を受けた。二発の連射だった。

佐野はコンクリートブロックの外壁に身を隠した。吉井も佐野を見習う。

撃っているのは滝本だった。

「どうする？」と吉井は佐野に尋ねた。

「上下二連か」と佐野は吉井には理解不能な言葉を発して考える顔になった。

一体、中学を卒業して佐野が東京でしていた〝仕事〟とはなんだろう、と吉井の頭によぎったが、すぐに頭から追い出した。吉井の知る限りでは思いつく職業がなかったのだ。

銃撃が続いていた。また二発の連射だった。コンクリートブロックの外壁の名残(なごり)は経年劣化でボロボロになっていた。散弾銃の直撃を受けて大きな塊となって次々と崩れ落ちるのだ。身を低くしても長くはもたないのが、吉井にもわかった。

「ヤツが撃ってる銃は、二発撃ったら、次の弾を装填するまで少し間があります。あの塀まで走りましょう」

佐野が指さしたのは、前にある別の外壁の名残だった。こちらより少しばかり高さがあった。ここからの距離としては二〇m。滝本の散弾銃を吉井は思い出した。思い出したどころか背後から何発も撃たれたのだ。忘れられない。たしかにあの銃は弾を一発ずつ手でこめなければならないのだ。

とはいえ無防備な状態で前に出ることは大きなリスクだ。

「いや、無理だ……」

吉井の言葉を、佐野がさえぎった。

「できます」

滝本が弾を二発撃ってきた。外壁がさらに壊されて身をかがめても、滝本の狙いから身を隠すことができなくなりそうだった。

決断するしかないのだ。

「今です」と吉井の覚悟を見越したように佐野が声をかけた。もう走るしかなかった。

吉井と佐野は銃を構えながら前の外壁に移動した。銃撃はなかった。だが外壁にたどりつくと直後に銃撃された。やはりこちらの外壁ももろい。散弾によって大きく崩れ落ちる。

「吉井くん、誰それ？　お友達？」

滝本の間の抜けた問いかけに吉井はいらだった。いつも滝本はどこかピントがずれている。

吉井は答える気にもならなかった。だが佐野は違う形で返事をした。

拳銃で滝本に銃撃を加えたのだ。弾をはじく金属音が聞こえた。当たらなかったのだろう。滝本は金属製の運搬カーゴのようなものの隙間から銃撃しているのだ。佐野と吉井の拳銃の精度では、この距離で滝本を狙い撃ちするのは難しい。

すると、滝本の場違いな言葉が聞こえてきた。

「いいよねぇ、仲間がいて。こっちはもう、たったひとりだ」

吉井は頭の中でカウントしてみた。滝本、マスク男、そして村岡が生き残っているはずだ。とぼけた発言ではなく、滝本のブラフなのかもしれない。

「俺はライフルであそこから狙います」

佐野が右手にある建物を指した。たしかに建物を回りこめば、滝本に近づける。

「吉井さんはここで相手がひるむまで撃ち続けてください」

佐野はポケットから拳銃を取り出して「これも使って」と吉井に手渡した。

自分の銃に弾が何発残っているのか吉井にはわからなかった。佐野は新たな弾倉を銃に装填していたはずだ。弾倉には七発が充填されていたか、定かではない。

佐野に尋ねようとしたが、滝本の銃撃が二発続いて、またも外壁が低くなった。狙って撃っているのだろう。

「さあ、撃って」と佐野に促されて、吉井は外壁の脇から腕を伸ばして滝本を銃撃した。同時に佐野は外壁から出て、建物に向かって走っていく。

外壁の陰から滝本を見ると、佐野の動きに気づいていないようだ。散弾を装填しながら、こちらに向かって歩いてくる。だが滝本の前にある移動用のカーゴが邪魔をしている。

それでも吉井は注意をこちらに集めておくために、佐野に渡された銃で滝本を撃った。連射で、うちの一発がカーゴの横棒に当たって大きな火花が飛んで、滝本の動きが止まった。さらに吉井は二発の銃撃を見舞ったが、これも滝本には当たらない。

滝本は一瞬、ひるんだように見えたが、また歩き出した。

「でもね、君より先に死なないよ。死ぬなら一緒だ」

滝本の発言はいちいち吉井の癇に障った。「死ぬなら一緒だ」？　言いようのない嫌悪感に、吉井は総毛立った。

吉井は滝本に残りの弾を撃ちこもうと決めた。

だが、吉井が引き金を引く前に、滝本は突然、横倒しになった。銃声が聞こえたから建物の脇から、佐野が撃ったのだろう。

だが銃弾は滝本の左肩のあたりに着弾したようで、致命傷になっていない。滝本は左肩を押さえて立ち上がると、逃げ出した。

吉井は佐野の追撃を待ったが、佐野は撃たない。姿も見せない。

滝本はよろよろとおぼつかない足どりではあったが、工場の出口に向かって歩いていく。滝本は散弾銃を置き去りにしている。もはやあの重い猟銃を持つ力が残っていないのだろう。

やはりまだ佐野は撃たない。ライフル銃の弾が切れたのかと思ったが、佐野は拾い集めた弾をたっぷりとポケットに詰めこんでいた。

逃げる滝本に焦りを感じて、吉井は拳銃を手にして滝本を追った。

滝本は何度か背後を振りかえった。吉井が拳銃を手にして追っている姿を見て慌てふためいているのがわかった。怪我のためか走る速度は上がらない。

吉井はすぐに射程距離まで近づいた。

すると滝本が拳銃を取り出した。バッグの中にあった銃のひとつだろう。

だが深手を負っている滝本の動きは鈍かった。吉井はすかさずに滝本に銃弾を放った。

命中した。滝本の上半身だ。正確な場所はわからないが倒れている。

だが滝本は身を起こそうとしている。落とした拳銃に手を伸ばそうとしているようだ。吉井はもう急がなかった。ゆっくりと近づいて滝本の怯えた顔をのぞきこみながら、左胸を銃撃した。心臓を撃ち抜かれて滝本は動かなくなった。

吉井はだらしなく口を開けたまま息絶えた滝本の顔を見つめていた。見苦しい姿だった。

そこに佐野がライフル銃を肩にかけてやってきた。

吉井は佐野に新たに渡された拳銃を返した。佐野は無言で拳銃を受け取る。

吉井はポケットから自分用の拳銃を取り出して早足で歩き出した。まだ村岡がどこかにいるはずだった。


村岡は工場の中にいた。とらわれの身となっていた吉井が手錠で拘束されていた柱によりかかって、吉井と同じ椅子に座っている。

頭の中で銃の種別ごとに、これまで発射された弾数をカウントしていたが、途中でやめてしまった。どうやら吉井の相棒らしき男は尋常ではない能力を持っていた。おそらくプロだ。それが委嘱殺人のプロなのか、ミッション達成のためには殺人を厭わないプロなのか、それとも単なる殺人鬼なのかはわからなかったが、並みの手口では勝てない相手なのはわかった。

銃声が急にやんだ。もう〝仲間〟は死に絶えたのだろう。しばらく待ってみたが、やはり動きがない。

いきなり村岡は立ち上がると全力で駆け出した。


村岡は逃げ出そうとしていた。勝ち目がない相手に向かうほど馬鹿ではない。あの高そうなベンツを奪って、叩き売れば盗難車とバレても、一〇〇万くらいにはなるのではないか、と思った。いや、五〇万でいい。それで一カ月はやり過ごせる。中古のパソコンを買って、それで小さな転売をして小銭を稼ぐ。そこから大きくしていけばいい。

村岡はベンツのドアを開けた。

スマートキーがそのまま車内に置かれている。

村岡は乗りこんで、エンジンボタンを押した。

エンジンが重低音を奏ではじめる。エンジンを吹かすと地鳴りがするような音が響きわたる。おそらくノーマルではない。金をかけてイジっているのだ。予想より高く売れるかもしれない。

そうとわかれば長居は無用だ。

村岡は車を発進させた。軽くアクセルを踏んだだけでタイヤが空転する。すばらしいトルクだ。

エンジン音を聞きつけて、吉井と佐野は工場敷地の端にある物流倉庫にやってきた。黒いベンツを運転しているのは間違いなく村岡だった。吉井は逃げていくベンツの後部にライフル銃で狙いをつけたが、あきらめたようだ。

間一髪で逃げられてしまった。

ところがベンツはUターンして戻ってきた。行き止まりだったのだ。

今度は佐野がライフル銃で狙う時間があった。まっすぐに走ってくる運転席をめがけて佐野が狙い澄まして銃撃した。

だがベンツはそのまま素通りした。やはり動く車であり、厚いガラスを貫通させた上で標的を狙い撃つのは難しいのだろう。

ベンツは荷卸し場の前を左折した。佐野と吉井は走って追う。

またもベンツは行く手を壁にふさがれて、Uターンしてきた。今度はベンツは明らかに吉井を狙って速度を上げてくる。

吉井が寸前のところで身体をかわすと、佐野はベンツが行き過ぎるのをライフル銃を構えたままの姿勢で待っていた。

遠ざかっていくベンツの後方に照準を合わせている。

ぎりぎりまで待って発砲した。

ベンツはコントロールを失って蛇行した。タイヤを撃たれてバーストしたのだ。

そのままベンツは瓦礫の山に激突して走行できなくなった。

村岡が車から降り立つと、開いたドアを遮蔽壁にして、吉井たちに発砲してきた。

吉井たちはほぼ無防備なので圧倒的に不利だったが、佐野のライフル銃による銃撃はドアに阻まれているものの着実に村岡の身体を捉えている。ドアのガラスが割れて、村岡は車をあきらめて逃げ出した。

いつの間にか大粒の雪が舞っていた。


村岡は工場の機械室へと逃げこんだように見えた。

回りこまれて出口に向かわれる可能性があったので、佐野が指示して、吉井と二手に分かれて、工場の奥まで追い詰める形勢を取った。

工場の中は音が響く。わずかな音が金属とコンクリートばかりの工場内では吸収されずに反響するのだ。

自身の足音も、廃工場に棲み着いた動物たちの鳴き声やわずかな動きが音を立てて、吉井を脅かす。

さらに薄暗い工場の中では、影が恐ろしい。窓の外を横切った鳥の影が工場の中を横切るとそれはかなりの恐怖だった。

思わず拳銃を向けてしまうほどだ。

吉井は次第に銃を持つことに慣れていることに気づいた。自分が強くなったように感じるという感覚はない。ただそれほど恐ろしいものではない、と思うようになっていた。

新たな弾倉は装填済みだ。撃鉄が起こされていることを確認して、吉井は進む。

まもなく工場建屋の末端に至るはずだ。

すると左手で動くものがあった。足音らしきものも聞こえた。吉井は拳銃を構えた。

そこに立っていたのは佐野だった。少しも動じた風もなく佐野はおどけた様子で両手を上げて見せる。

もし、これが拳銃を渡された直後なら発砲してしまっていたかもしれない、と吉井は拳銃を下ろした。やはり慣れたのだ。人を二人殺したことで。

「いませんね」と佐野はがっかりしたような顔をしている。鬼ごっこでもしているかのようだ。

村岡は工場敷地から外に出てしまったとは考えづらい。徒歩では最寄り駅やバス停まではかなりの距離がある。背後から追われながら、徒歩で逃げるのはあまりに無防備だ。

きっと工場内のどこかで息をひそめて隠れている。

工場の奥にはぶ厚いビニールがカーテンのように天井から地面まで下がっている。半透明で向こうの様子がうかがえない。

吉井は怯(ひる)んだが、佐野はかまわずビニールを押し退(の)けて入っていく。吉井も続いた。

錆びたロッカーやラックがずらりと並んでいる。工具でも置かれていたのだろうか。

今となってはなんの施設なのかわからない。屋根からの落下物がそこら中に落ちて歩くたびに邪魔をする。いずれ屋根ごと崩落したりするのだろう。

先を行く佐野が「ここにはいない」と目で吉井に合図する。

吉井はうなずいた。やはり工場から出たのか。ガタガタになっている工場の壁を破壊すればどこからでも外に出られるし、敷地の周囲を囲っている金網もあちこち破れてしまっているのだ。

吉井はビニールのカーテンの前に戻った。もう一度工場を見て回ってから、敷地内の捜索に移って……。

背後でガタガタと音がした。

振り向くと、佐野が村岡に襟(えり)首をつかまれて拳銃を顔に突きつけられていた。

どうやら佐野の背後にある大型のロッカーの中に村岡は隠れていたようだ。ロッカーの扉が開かれて揺れていた。

「銃、捨てろ」

村岡に言われて佐野はライフル銃と拳銃を地面に置いた。

「お前も銃、捨てろ！　早く捨てろ、ほら！」

村岡は吉井と佐野の頭に交互に銃を向けながらわめく。

吉井は拳銃を構えていた腕を下ろした。だが銃を手放さなかった。

村岡はひどく興奮しているようだ。一気にまくしたてはじめた。

「全部、自分の望んだ通りになると思うなよ。俺のこと忘れたいんだろうけどな、お前、そうはいかないよ。嫌でも忘れらんないようにしてやっからな。俺と付き合ったことが、一生の不覚だったと後悔させてやる。後悔しながら死んでけ！」

もはや吉井には村岡がいわんとしていることがわからなかった。「死んで後悔する」ことなどできない。そもそも「全部、自分の望んだ通りになる」など思ったことも感じたこともない。村岡は実際にはいない〝吉井〟を憎悪しているのだ。

村岡は一瞬の沈黙ののちに、また早口でまくしたてた。

「死んで安らかになれるなんて考えるの甘いよ。死んだら地獄が待ってるからな。永遠に俺の悪夢に怯え続ける地獄だ。お前は今からそこに落ちんだよ！　落ち……」

もはや村岡の言葉は支離滅裂だった。錯乱を感じさせた。

わめきながら村岡は吉井に拳銃を向けて狙いをつけた。

吉井は逃げようがなかった。身を隠す場所もない。手にしている銃で応戦すれば、相討ち、あるいは佐野を撃ち殺してしまう可能性も高かった。

瞬時、吉井は硬直して動けなかった。

だが佐野が小さな動きで、すっと素早く村岡の手から銃を奪った。

「あ」と村岡は間の抜けた顔で、空になった自分の手を見つめている。

佐野は村岡から離れて、吉井に目で合図をした。

吉井はすかさずに手にしていた銃で、村岡を撃った。

撃ち抜いた場所は吉井にははっきりとはわからなかった。だが村岡は後方に吹っ飛んで隠れていたロッカーに倒れこんだ。

近づくと吉井は村岡の状態を探った。胸を撃ち抜いたようで、息も絶え絶えだ。まるで吉井を呼び寄せるかのように、村岡は手を伸ばしてしきりに動かしている。そして口を開いて、なにかを訴えようとしているが、声は出てこない。おそらく肺に穴が空いているのだろう。

無様だ。

吉井は村岡の眉間に狙いをつけると引き金をゆっくりと絞った。

銃声がロッカーで反響して耳をつんざく。

村岡はロッカーの中で息絶えた。

吉井はまだ硝煙が立ち上る拳銃を佐野に返した。佐野は黙って受け取り微笑を浮かべた。

吉井は明るい場所を求めて、工場の建屋から外に向かって歩き出した。

滝本の死骸を見下ろしている女の姿があった。秋子だった。秋子の顔には表情がまるでない。秋子の視線が少し動いた。そこには滝本の拳銃が落ちている。

秋子は魅入られたようにじっと拳銃を見つめていた。

吉井と佐野は連れ立って、工場の駐車場までやってきていた。

佐野に言われて工場を隅々まで確認していたのだ。死体は全部で七体。いずれも射殺だ。射殺されて池に沈められていた猟師。村岡と滝本は吉井が撃った。さらにライフルで射撃してきた男もとどめを刺したのは吉井だ……。そして佐野は二人を撃ち殺した。だが佐野はもう一体の死体については知らない、と言った。その死体はマスク男だ、と吉井は知っていたが、それを佐野に説明しても意味がない、と口をつぐんだ。

正当防衛が成立するとは思えなかった。少なくとも過剰防衛だ。ここから逃げ去ったとしても、クラウドたちのパソコンやスマホから吉井――ラーテルの名前が見つかるだろう。彼らに吉井殺害の企図があったとしても、吉井と佐野が返り討ちにして全員を殺しているということになる。しかもその武器の一部は佐野が持ちこんだものだ。滝本が銃を購入したのはネットを通じてだろう。だとしたら、この現場に残された銃の証拠も残っているはずだ。つまり現場では購入先が不明の佐野の拳銃によって発射された弾丸が、死体から発見される。

逃げたとしても重要参考人として吉井が指名手配されるのは間違いない。佐野はどうするつもりだ？　クラウドたちは佐野の名前も素性も知らないし、もうこの世にはいない。このまま佐野が逃げてしまえば警察は追えない。吉井が黙ってさえいれば。

だがそれは佐野の罪を吉井がかぶることになる……。

まったく口をきかなくなってうつむいている吉井の肩を、佐野がポンと叩いて笑いかけた。

「心配しないでください。電話一本で済むんで、ちょっと待っててください」

そう言って佐野は東京から乗ってきたという小型の中古車の前まで行くと電話で話し出した。

「そうなんですよ。……あ、いえ、こちらはなんともありません。……現場処理だけで大丈夫です。いつもすみません。あとはおまかせします。……はい。よろしくお願いします」

佐野の口調は普段と変わらないように思えた。吉井は虚脱状態でぼんやりと佐野の電話を聞いていた。かすかに電話から相手の男性らしき声が聞こえてくるが、内容まではわからなかった。だが本当に相手のいる電話なのだった。

吉井はその場を離れて、積み重ねられたパレットの上に座りこんだ。疲れていた。

「ここの後始末は俺の知り合いがやります。全部うまくいくんで、安心してください」

昔、映画かなにかで、見たことがあった。殺人現場の〝処理〟をするプロが登場するのだ。

それが本当に存在するのか、吉井にはわからなかった。佐野がその仕事をする組織とどういうつながりがあるのか、聞きたくもなかった。

ただ佐野に任せておけばいいのだろう。クラウドたちは、この世界から消えても誰も気にしないような連中だった。

「あと、これ、吉井さんちから回収しておきました」

佐野がポケットから取り出したのは見覚えのあるものだった。滝本たちに家に踏みこまれて置いてきてしまったのだろう。

「ハードディスクか」と吉井は手にとった。

「これがあればやっていけますね」

佐野が笑顔だ。パソコンに詳しいと思っていなかったが、ハードディスクがパソコンの重要な部品であることを知っているのだ。

この中にこれまでの〝商売〟のすべてが収められている。これさえあれば簡単に復帰できる。新たにパソコンを組みなおして……。

「ああ、そうだ。忘れてた」

吉井はスマホを取り出して、操作する。

「どうしたんですか?」と佐野が問いかけてくる。その顔は少しこわばっているように見えた。

「いや、商品のチェック。気になってたんだ」

「へえ」と佐野の顔が緩んで、吉井の隣に腰かけた。

吉井はサイトにアクセスして「お」と驚きの声を上げた。

「よし」と吉井は小さくガッツポーズをした。

「どうです？」

「フィギュアが全部、うまいタイミングで売れた」

そう。最高のタイミングだ。危機はすべて排除した。あの家も今月かぎりで引き払おう。あそこにも銃撃痕などの証拠が残っている。佐野の〝知り合い〟についでに〝処理〟してもらうべきだ。そうすればなんの問題もないだろう。

フィギュアの発送は少し遅れるが、新たにパソコン一式を新調しよう。このハードディスクとスマホの情報があれば、それはどこでもできる。ただフィギュアだけは移動させなければ……。そうだ。佐野が〝調達〟してくれたワゴン車だ。家に戻ってから……。

吉井は駐車場に停まっている黄色いワゴン車に目が釘付けになった。なぜここにあるんだ？　佐野が乗ってきたという小型車はその隣に停まっている。なぜ……。

そこでようやく秋子が乗ってきた、と言っていたことを思い出した。秋子はまだ逃げ出していないのか？　どこにいるんだ？

「吉井さん」と佐野に呼びかけられた。ぼんやりしていたようだ。

「え？」

「儲かったんですか？」

「ああ」

「いくらぐらい?」

吉井は転売でいくら儲けても、決して人に自慢しなかった。少額の儲けでさえも口にしなかった。

そもそも生活を共にするようになってからも、秋子にも詳しい話をしたことがない。だが佐野には言ってもいいような気がした。いや、言わなくてはいけないような気がした。命の恩人なのだから。

「だいたい、一千万かな」

「すごい。すごいです、吉井さん」

佐野の絶賛に吉井は照れくさくなった。

「まぐれだよ」

佐野が立ち上がって「あ」とつぶやいた。佐野の視線を追うと、そこに秋子の姿があった。顔ははっきり見えないが赤いコートが殺伐とした工場の背景の中で映える。

「秋子!」

最高の笑顔を浮かべると、吉井は立ち上がって秋子に駆け寄った。

「良ちゃん、無事だった?」

「ああ、俺は大丈夫だ」

「ずいぶん心配したのよ」

秋子の様子がおかしかった。元々、表情が豊かというタイプではなかったが、どこか上の空のような気がしたのだ。

　大量の死体を秋子は目にしたのかもしれない。ショック状態なのだろう。

「秋子も無事か。まあ、良かった」

　秋子が右手を背中に隠している。なぜだ？　なにを隠している？

「抱きしめて」

　秋子がやはりどこか心のこもらない声で告げた。だがその言葉は秋子と出会って最初に吉井がかけられた言葉だった。

　吉井は戸惑いながらも、両手を広げて秋子に近づいた。

「吉井さん」

　背後から佐野が呼び止めた。

「なんで急にその女のこと信じるんですか？」

　吉井は立ち止まった。俺は秋子を信じていなかったのか？

「早く抱いて」

　命令するように秋子は告げた。

　吉井は動けなかった。

　佐野が再び声を上げた。

「もともと、信じてなんていなかったじゃないですか」

　信じていなかった……。俺のような男を好きになる女なんて信じていなかった。心の中のどこかでずっと疑っていた。そうじゃなかったか？　そう。あの物置の中で秋子はなにを探していたんだ？

佐野をにらみながら秋子が動いて、吉井の脇に移動した。佐野の視線を避けるように。

「良ちゃん、クレジットカードは？」

ああ、そうだった。秋子に言われてクレジットカードをズボンのポケットに押しこんだのだった。しばらくホテル暮らしになるから、と。

吉井はポケットを探ってクレジットカードを取り出した。落としていなかった。

秋子はカードを見て微笑している。

吉井はその笑みを見て泣きそうになった。秋子……。

秋子は吉井に近づいて、その胸に身体を預けた。吉井は秋子を抱き寄せる。

「ちょうだい、それ」

秋子が吉井の耳元にささやいた。声が笑っているようだ。

「え？」

クレジットカードのことか？　まさか……。

「ただくれればいいの」

「どうして？」

秋子が小さく舌打ちした。

「理由なんか聞いてどうするのよ。それしかないじゃない。わかってるでしょ！」

最後は怒鳴るような声になった。

「それしかない」？　もう嫌いになった、というのか。手切れ金代わりにクレジットカードをよこせ、と言っているのか？　いや、違う。もともと好きじゃなかったのだ。貯めこんだ金が目当てだった……。いや、違う。出会ったあの日から、どこかに抱いていた違和感だ。秋子からの愛を感じたことはなかった。

吉井は腹になにかが押しつけられているのを感じた。

秋子の右手には拳銃があった。拳銃の銃身を秋子は吉井に押しつけて、引き金を引こうとしていたのだ。

秋子はこれまで見たこともない邪悪な表情を浮かべて、吉井に拳銃を向けて、引き金を引いた。何度も何度も。まるでこの工場で死んだクラウドたちの邪悪な霊魂に秋子の心が乗っ取られたかのようだった。

「撃鉄が上がってない。それじゃあ、撃てませんよ」

佐野が秋子に指摘している。楽しげな声に聞こえた。

秋子は拳銃をしげしげと見ると、撃鉄を上げて、吉井に銃口を向けた。

邪悪な笑みを浮かべて拳銃の狙いをつける秋子の顔を、吉井は黙って見つめることしかできなかった。

銃声が轟く。

目の前で秋子がこめかみを撃ち抜かれて倒れた。倒れたままぴくりとも動かない。

佐野が拳銃で撃ったのだ。

吉井は秋子の前に膝をついた。

あの日、マッチングアプリで知り合った秋子は吉井に「抱きしめて」とメッセージを送ってきたのだ。

天にも昇る気持ちだった。

女性に恵まれることの少ない青春時代を送った。中学時代にはそれでも女性との交流はあった。だが高専時代に男子ばかりの環境に慣れきってしまった。留年も含めて六年間、ほぼ女性と遊んだことがなかった。吉井だけではない同級生や先輩たちも恋人がいないのが当たり前だった。女性とどう接すればいいのか、まったくわからなかった。異星人のようだ、としか思えなかった。

だから秋子に告白されてつきあってからは大切にした。決して秋子からの愛を疑うようなことはしなかった。嫌な兆しは徹底して無視した。そうやってひたすらに愛を信じた。

だが、どこかでわかっていた。秋子には愛などないことを。金が目当てでもなかったはずだ。当時は金もなかった。目ぼしい相手が見つからなくて暇だっただけだろう。

二人で外出するといつも秋子は別の男性を目で追っている。長い時間見つめていることもあった。吉井は気づかないふりをしていた。吉井の知らないところで浮気もしていたかもしれない。だがそんなことを探りたくもなかった。秋子という〝恋人〟を失いたくなかった。傷つきたくなかった。

しかし、クラウドたちがあの家に現れたことで秋子は確信してしまったのだろう。これほど命懸けで吉井を追って殺人まで犯したということは、吉井は大金を隠しているのだ、と。

「うおお……」

吉井は慟哭しながら、秋子の死骸を抱きしめた。

佐野は離れた場所でその様を冷やかに見ていた。

エピローグ

ワゴン車の荷室には五〇体のフィギュアが満載されていた。高速道路を走る車内の運転席には佐野、助手席には吉井が座っている。佐野は完璧な安全運転に徹している。やはり警察に停められることを恐れているのだろう。

佐野が言うところによれば、このワゴン車は昔世話した後輩の持ち物だという。使っていないから自由に使ってくれ、と言われたので、ありがたく使わせてもらっている。そして最後に佐野は「吉井さんが気にするようなことじゃないですよ」と締めくくった。

それが嘘でも本当でもかまわない。善悪を裁いても無駄なことだ。

群馬から東京に向かう高速道路からの眺めはなんとも不気味だった。空には厚く黒い雲も垂れこめているが、遠くには晴れ間があって夕日が薄く射しこんでいるのだ。朱と青と白、それを圧倒的な黒い雲が覆っている。

吉井はそんな空を見るともなく見ていた。その顔にはなんの感情も表れていない。隣で運転する佐野は、穏やかな顔で運転している。

「吉井さんのハンドルネーム、ラーテルって最強の哺乳類のことですよね」

　唐突に佐野が口を開いた。どこで調べたのだろう、と吉井は思いながら「ああ」と肯定した。

　ラーテルはアフリカや西アジアに生息する小型の雑食性の哺乳類だ。背中の皮膚が鎧のように堅牢であり、さらに気性が荒く攻撃的であるために、ライオンでさえラーテルを倒すことができないのだ。それどころかライオンもその鋭く強いあごでの一撃を食らって大怪我をしてしまうこともある。さらに窮地に追いこまれるとスカンクのように強烈な臭いの液体を発射する。

　だがそこに特に意味はなかった。ただ面白い動物だ、と思ったから名前をいただいたというだけだ。自分がラーテルのようだ、と思ったこともない。

　しかし、佐野は「さすがだな」と謎の言葉を発した。

　やはり佐野も吉井のことを買いかぶっているのだろう。だが、それに反論しても無駄だ。もうどうでもいい。なるようになるだけのことだ。抗うつもりもない。

　佐野はしばらく考えているようだったが、やがて口を開いた。

「吉井さんは、今まで通り金儲けのことだけ考えてください。それ以外全部、俺がやるんで」

　つまり「それ以外」は今日のような〝やっかいごと〟は佐野が片づけてくれるということだろう。もう吉井が銃を握る必要はないということだ。

つまりコンビということか。佐野が要求する〝稼ぎ〟は今までとは一桁も二桁も違うものになるのだろう。

「そうしたら、どうなる？」

吉井の問いかけに佐野は即答した。

「なんでも手に入ります。望むものが」

予想外の答えが返ってきた。だが吉井には〝金が欲しい〟という漠然とした欲求はあったが、なにかを〝望んだ〟ことはなかった。

「望むもの？」

佐野はさわやかな笑顔で答えた。

「世界が破滅するようなものでもね」

やはり佐野は吉井の能力を見誤っている。そんな大それた〝商売〟をできるわけがない。フィギュアがせいぜいで……。

小学生のころに読んだマンガかなにかの逸話を吉井は急に思い出した。

武器商人は儲かるという話だった。敵対するA国とB国があり、それぞれの国に武器を売りつけるというのだ。「A国は大砲を五〇〇門、装備したそうです」という情報をB国に提供して、六〇〇門の大砲を売りつける。その上でA国に赴いて「B国は大砲を六〇〇門、装備したそうです」と二〇〇門の追加受注を得る、というものだ。そう、どちらの国にも同じ武器商人が売りつけているのだ。危機を煽り続ければ延々と稼ぎ続けることができる。

この物語には武器商人が陥穽（かんせい）に落ちて破滅するというような教条的なオチがついていたような気もするが、それはまったく覚えていない。嘘くさくて面白くなかったのだろう。

実際に世界で武器商人たちが大成功している。ノーベル賞の創設者のノーベルは〝死の商人〟として巨万の富を築いたのだ。

しかし、武器ビジネスはすでに飽和状態となっている。国、軍、企業が連合した巨大な軍産複合体が市場を独占していて、ネットビジネスなど付け入る隙がない。しかし……。

佐野の発した「破滅」がヒントになった。

きっと佐野はインスピレーションを授けてくれる俺の〝堕天使〟なのだろう。

小さな独裁国家が国民を飢えさせるほどに国力を投じて作り上げた〝最終兵器〟があったとする。それを欲しがる、別の小さな独裁国家は世界中にいくつでもあるだろう。そこを転売屋としてつなぐことはできないか。佐野が拳銃を手に入れたルートを使って。

「最悪だ」と吉井は薄ら笑いを浮かべた。

なぜか佐野も笑いながら「ええ」と答えた。

「ここは地獄の入り口か」と吉井は言葉とは裏腹に晴々とした顔をしている。それは希望にあふれているようにも見えた。

高速道路の先に東京の街が見えてきた。真っ黒な雲に覆われているが、その彼方で真っ赤な夕日が照り映えている。それは亡者を煮るという地獄の釜の炎のようだった。

この物語はフィクションです。作中に同一の名称があった場合でも、
実在する人物、地名、団体等とは一切関係ありません。

宝島社
文庫

Cloud クラウド
（くらうど）

2024年9月18日　第1刷発行

監督・脚本　黒沢 清
著者　佐野 晶
発行人　関川 誠
発行所　株式会社 宝島社
〒102-8388　東京都千代田区一番町25番地
電話：営業 03(3234)4621／編集 03(3239)0599
https://tkj.jp
印刷・製本　株式会社広済堂ネクスト

ISBN 978-4-299-05835-5